Olga Tokarczuk
Spiel auf vielen Trommeln

Olga Tokarczuk

Spiel auf vielen Trommeln

Erzählungen

Mit einem Nachwort von Katharina Döbler
Aus dem Polnischen von Esther Kinsky

Matthes & Seitz Berlin

Das Subjekt

In der Monographie über sein Werk, die er gerade beim Morgenkaffee zu lesen begonnen hatte, befand sich ein kleiner Fehler. Sein Roman »Die offenen Augen der Dinge« nämlich war zweiundachtzig erschienen und nicht erst vierundachtzig. Aus irgendeinem Grund hatte die Autorin der Monographie diese erste im Ausland erschienene, unzensierte Ausgabe unberücksichtigt gelassen. Er trug mit Bleistift die Korrektur ein und zündete sich die erste Zigarette an. Jetzt blieben ihm nur noch vier – er mußte sich einschränken. Der Arzt hatte ihm gesagt, in seinem Alter sollte er das Rauchen eigentlich ganz aufgeben. Aber er sah, daß es für ihn ohne Rauchen auch kein Schreiben geben würde. Es gab eine einfache Abhängigkeit zwischen dem Inhalieren von Zigarettenrauch und dem Schreiben. Der Rauch, der seine Lungen anfüllte, brachte auf irgendeine Weise gleichzeitig seine Erinnerungen in Bewegung, vielleicht deshalb, weil Rauch und Erinnerungen ähnlicher Natur sind – flüchtige Wolken, die sich überraschend zu Ringen formen, zu

Schnörkeln, sich zu durchsichtigen Schichten ordnen, die eine Zeitlang in der vorgegebenen Struktur verharren und dann unwiederbringlich zerfallen. Mit ein wenig Konzentration kann man das unbegreifliche Wunder bewirken, daß sich dieses Flüchtige in Worte und Sätze fügt.

Er blätterte ein paar Seiten weiter, als seine Augen plötzlich an den folgenden Worten hängenblieben: »Der Held dieser erschütternden Erzählung, das Alter Ego des Autors, trägt den gleichen Vornamen und wohnt sogar an derselben Adresse: Warschau, im Hinterhof einer der Alleen.« Er las sie mehrmals, sog den Rauch ein. Er rief sich die damalige Zeit in Erinnerung, vor zwanzig Jahren, als er »Die offenen Augen der Dinge« schrieb. Eine schreckliche Zeit, hoffnungslos. Man hätte meinen können, das sei das Ende der Welt, und doch nahm alles ein gutes Ende. Aber was ist gut, was ist schlecht, dachte er und warf einen gierigen Blick auf die vier Zigaretten, die ihm für den Rest des Tages noch blieben. Damals ließ es sich gut schreiben. Die undefinierbare Verzweiflung, das Gefühl von Nichtswürdigkeit und Absurdität förderten den schöpferischen Schwung, sie waren eine zärtliche Mutter, die Worte herausstreichelte, ganze Abschnitte fütterte, die Geheimnisse märchenhafter, dunkler Zusammenhänge enthüllte, fertige Bilder präsentierte wie auf dem Tablett. Heute war alles papieren geworden, auch wenn es von außen betrachtet solide wirkte, aber wenn man dieses Heute irgendwie beschreiben wollte, mußte man sich durch ganze Schichten Müll kämpfen, durch das vermoderte Papier der Ereignisse, das Zucken des Augenblicks. Die Normalität war uninteressant, voll kleiner Probleme, unwichtiger Einzelheiten, die morgens wie Sand aus den Zeitungen rannen und alles sofort mit Staub überzogen.

Samborski stand auf, warf einen Blick auf die Zigaretten und beschloß auszugehen. Er zog nur das Jackett über, das Wetter war schön. Über die übliche Strecke, durch Innenhöfe und Durchgänge zwischen Gebäuden, gelangte er auf die Hauptstraße der Stadt, bog auf den Platz mit der Kirche ab und befand sich sogleich in seinem Lieblingscafé. Unterwegs hatten ihn mehrere Leute gegrüßt, darunter auch ein paar Jugendliche mit Rucksäcken. Sie blieben stehen, als sie ihn erblickten, und standen immer noch, als er mit einem Lächeln ihren Gruß erwiderte und an ihnen vorbeiging. Solche Begegnungen waren einerseits nett, doch sie hatten auch etwas Unangenehmes an sich. Sie machten ihm bewußt, daß er immer er selbst war, daß er kein anderer mehr werden konnte, während andere Menschen, wie zum Beispiel diese jungen Leute mit den Rucksäcken, noch ein ganzes Meer von Möglichkeiten vor sich haben, einen ganzen Vorrat an Rollen, von denen sie sich eine aussuchen können, einen großen Korb mit Überraschungseiern, sie können immer noch werden, was sie wollen. Er nicht mehr. Er ist schon definiert. Er dachte sogar »erledigt«, und etwas äußerst Unangenehmes streifte ihn dabei. Eine kühle, dumpfe Luft wie aus einem Keller. Es gab Zeiten, da fühlte er sich, als hätte er ein Messingschild an die Stirn geschraubt: »Stanislaw Samborski, Schriftsteller«. So auch jetzt – als er das Café betrat, wanderten alle Augen diskret zu ihm, aber hier war man an seinen Anblick gewöhnt, und das übliche Stimmengewirr des Cafés veränderte sich nicht in seiner Intensität. Er ging zur Theke hinüber, wechselte ein Begrüßungslächeln mit den Kellnerinnen und setzte sich an einen Tisch. Er bestellte ein »schwarzes Frühstück« – Kaffee und Zigaretten –, so blieben ihm die vier auf dem Schreibtisch noch bis zum Abend. Die Kellnerin, mit der er bekannt war, brachte ihm unaufgefordert zwei Brote mit Eierpaste, seinem Lieblingsaufstrich. »Sie sollten morgens etwas Richtiges essen.« Er wandte nichts dagegen ein. Er griff nach der Zeitung und las gelassen, in dem Bewußtsein, daß er sich am Mittelpunkt der Welt befand.

Schon bei sich im Treppenhaus, vor seiner eigenen Tür, begegnete er jenem, der sich, über das Schlüsselloch gebeugt, am Schloß zu schaffen machte. Eine ganze lange Minute, die fett war wie eine Fliege, kam der Autor Samborski nicht aus dem Staunen heraus.

Auf den ersten Blick schien der andere ihm nämlich bekannt, sogar mehr als bekannt, er hatte etwas Doppelgängerisches an sich, das abstoßend und widerwärtig war. Schüttere graue Haare im Igelschnitt, erdiger Teint, der feingliedrige Körper in einem karierten Jackett, gute, wenn auch abgelaufene Schuhe. Der Autor Samborski wollte etwas sagen, aber da sprang das Schloß mit einem Knall auf, die Tür öffnete sich, und jener trat wortlos als erster in die Wohnung. Samborski sprachlos hinter ihm her. Jener ignorierte ihn völlig. Er setzte sich an den Schreibtisch vor die Monographie und machte sich mit dem Bleistift in der Hand an die Lektüre. Geübt machte er einige Notizen am Rand, unterstrich ganze Sätze. Angewidert schob er den Aschenbecher von sich, dann warf er die verbliebenen vier Zigaretten in den Papierkorb. Als das Telefon klingelte, kam Samborski nicht einmal dazu abzuheben. Jener griff gezielt nach dem Hörer und sprach ein langgezogenes »Jaaaa?« hinein. Er hörte den Anrufer am anderen Ende an, setzte eine konzentrierte Miene auf, wobei sich die Falte auf seiner Stirn vertiefte, was dem ganzen Gesicht einen ernsten, ja sogar tragischen Ausdruck verlieh. Nach kurzem Schweigen sagte er: »Die Literatur ist eine Herausforderung. Nur sie ist in der Lage, die Grenzen der menschlichen Existenz zu bestimmen und andererseits ihr eine transzendente Dimension zu verleihen. Das Leben selbst ist zu wenig. Bitte schicken Sie mir den Text, damit ich ihn autorisiere.« Damit legte er auf. Danach stützte er den Kopf in die Hand und blieb noch eine Zeitlang schweigend sitzen, schließlich begann er, die Hände auf dem Rücken verschränkt, auf und ab zu gehen. In diesem Augenblick haßte Samborski ihn.

Es war seltsam, daß jener nicht aß. Er trank nur Kaffee. Hinterher stellte sich heraus, daß er auch Wodka kippte. Samborski sah jenen einmal nachmittags in seinem Café, wie er an seinem Tischchen saß, umringt von jungen Leuten, die ihn wie ein Bild betrachteten. Samborski war auf der Straße stehen geblieben und hatte diese Szene durch das große Fenster beobachtet. Jener redete von etwas, umriß mit den Händen unbestimmbare Figuren in der Luft. Er runzelte die Stirn, schwieg einen Augenblick, um sich nachdenklich, mit einer Samborski irgendwoher bekannten Geste das Kinn zu reiben. Dann hob er den Finger wieder in die Höhe wie ein Vorschulkind und setzte seinen Vortrag fort. Im ersten Augenblick wollte Samborski natürlich hineingehen und protestieren: Das war sein Tisch, es waren seine Studenten-Bekannten, ja es war sogar seine Geste, mit der er sich das Kinn rieb. Er war schon dabei, vor Entrüstung zur Tür zu stürzen, doch da sah er, wie jener mit Schwung und einer gewissen Theatralik ein Wodkaglas zum Mund hob und in einem

Zug austrank. Die Augen der Studenten waren rund vor Bewunderung, jener aber fuhr in seinen Ausführungen fort, ohne auch nur einen Happen zu essen. Der Autor Samborski trank fast nie Wodka, nicht deshalb, weil er nicht wollte – nein, er mochte ihn sogar sehr gern –, sondern weil er nicht konnte. In einem Land, in dem alle auf Teufel komm raus tranken, war er der geborene Abstinenzler. Ein solches in einem Zug geleertes Glas hätte bei ihm zu Erbrechen geführt. »Saufkopp«, murmelte er vor sich hin, doch eigentlich schluckte er mit diesem Wort den bitteren Geschmack der Bewunderung herunter. Bis in die Grundfesten seiner selbst verunsichert, ließ er sein Café hinter sich und ging weiter. Er kam zu einer kleinen Bar, in besseren Zeiten eine Milchbar, heute ein Pub, dort drückte er sich in eine Ecke, bestellte ein kleines Bier und zündete sich eine Zigarette an. Er betrachtete ein paar kurzgeschorene, mit Ketten behängte Jungen, die die Köpfe zusammengesteckt hatten und leise über etwas redeten. Die im Solarium gebräunte Kellnerin las mit gelangweilter Miene eine Illustrierte. Aus dem Radio kam eine unkomplizierte rhythmische Musik, in der sich in einer lieblichen Phrase die Worte wiederholten: »Schwägerin, Schwägerin, spiel mit mir nicht Ringelreihn.« Samborski wurde es wohl ums Herz. Er schmiegte sich in den gemütlichen Ecksitz, zündete sich die nächste Zigarette an und brachte gleichzeitig mit den Rauchringen richtige, fertige Sätze hervor. Gelassen schrieb er sie auf eine Serviette.

Gegen Abend kehrte jener zurück, ein wenig angesäuselt, mit einer Nelke im Knopfloch, was Samborski wirklich als den Gipfel der Anmaßung empfand. Ein widerwärtiger Typ, ein Clown. Er konnte ihn nicht ansehen, spürte eine regelrechte Übelkeit, als bestehe jener aus abgestandener Gelatine, ein erstarrter Aspik, Schweinsfüßchen in Menschengestalt, es war überhaupt etwas Schweinsartiges an ihm, eine tierische Selbstzufriedenheit. Er ekelte sich geradezu davor, ihn zu berühren. Jener sah Samborski nicht an, sondern griff sofort nach dem Telefon, um gegen die unzureichenden Subventionen für Universitäten zu protestieren. Beim nächsten Telefongespräch versicherte er eine Person seiner Unterstützung in einer bestimmten Sache, aber Samborski hörte nicht, für wen und in welcher Form, denn er war dabei, im Badezimmer seine Socken zu waschen, er wollte mit jenem nichts mehr zu tun haben. Doch als er kurz darauf ins Schlafzimmer ging, fand er ihn über einen Text gebeugt, den er gerade aus der Schreibmaschine gezogen hatte. Er unterstrich etwas und machte mit bekümmertem Gesicht eine Anmerkung. »Was ist das für eine Formulierung: Eine ganze lange Minute, die fett war wie eine Fliege, kam der Autor Samborski nicht aus dem Staunen heraus«, fragte er plötzlich und hielt ihm das Blatt vors Gesicht. Samborski riß es ihm aus der Hand und raffte hastig die restlichen vom Schreibtisch. »Wage es nicht, dich da einzumischen«, zischte er jenen an. »Andere Sachen kannst du nehmen, aber das nicht.« Jener lächelte ironisch. »Du hast keine Klasse, Samborko. Du magst gut schreiben können, Klasse hast du keine.«

Und noch etwas: Jener schlief nie. Die ganze Nacht saß er bloß in seiner bekümmerten, konzentrierten Haltung am Schreibtisch. Die Lampe brannte. Wenn jemand durchs Fenster geschaut hätte, hätte er angenommen, daß dort ein Schriftsteller bei der Arbeit saß. Ein Schriftsteller, der mit einem wichtigen Problem beschäftigt war. Ein Schriftsteller, der in seinem schriftstellerischen Kopf den nächsten Roman zum Thema Welt und Sinn erdenkt. Sein Geist legt neue Perspektiven offen, ein Gedanke kommt aus der Schachtel, in die ihn einst Ignoranz, Engstirnigkeit, mangelnde Sensibilität, Unfähigkeit zur Reflexion eingeschlossen haben. Seine Gedanken kreisen um die Grenzen der Erkenntnis. Die Absurdität der Geschichte. Die Einsamkeit des Menschen. Gut und Böse. Hoffnungen und die Fallen des Relativismus. Das Schöne, natürlich das Schöne. Vor allem um die Frage des Schönen.

Samborski ging unterdessen diese verflixte Lampe im Arbeitszimmer auf die Nerven. Durch die Ritzen in der Tür drangen dünne Lichtstreifen und bildeten auf dem Boden faszinierende Muster. Er machte sich Sorgen wegen des Grabsteins der Eltern, der im letzten Winter, wahrscheinlich durch den harten Frost, gerissen war, mitten entzwei, das sah scheußlich aus. Sollte er sich auf einen Streit mit dem Steinmetz einlassen? Dann fiel ihm aus unerfindlichen Gründen seine Lehrerin aus der Grundschule und ihr Kleid ein. Noch damals im Osten. Ganz greifbar hatte er das Muster vor Augen: weiße Blumen mit verschieden geformten fuchsienfarbenen Innenseiten auf schwarzem Grund. Er meinte schon, die Hand ins Dunkel ausstrecken zu können, um den kühlen Stoff zu berühren. Cretonne? Seidengeorgette? Während er so vor sich hin träumte, schlief er ein, aber das Erwachen war unschön. Jener stand mit verschränkten Armen über ihm, frisch, gekämmt, rasiert. »Du könntest vielleicht etwas über die Rolle des Schriftstellers in der heutigen Welt schreiben«, sagte er. »Was sind die Aufgaben der Literatur, Samborko. Sollten wir von ihr erwarten, daß sie Zeugnis von der Wirklichkeit ablegt, daß sie die Veränderungen beschreibt, deren Zeugen wir waren?«
»Verpiß dich«, sagte Samborski und erschrak selbst vor diesem Wort. Von Kind an gingen ihm Schimpfworte nicht leicht von der Zunge. »Aber du verpiß

dich nicht«, versetzte jener. »Steh auf und mach dich an die Arbeit. Vollidiot.«

Zum Glück ging jener dann, aber beim Rasieren hörte Samborski seine Stimme im Radio. Er äußerte sich zur Rolle der Literatur. Unangenehm überrascht erstarrte der Schriftsteller mit dem Apparat am Kinn. Am selben Tag sah er ihn abends im Fernsehen. Jener bezog Stellung zu Pornographie und Euthanasie, dabei rieb er sich nachdenklich das Kinn. Samborski stieg das Blut zu Kopf. Er stürzte zur Tür, schloß alles ab und schob außerdem noch die schwere Kommode vor die Tür, um so die Klinke zu blockieren. Spät am Abend hörte er befriedigt, wie jener an die Tür hämmerte.

Er verbrachte mehrere Tage verbarrikadiert in seiner leeren Wohnung. Er ging nicht ans Telefon, schaltete den Fernseher nicht ein. Er aß alle Vorräte auf, die er im Kühlschrank hatte, brauchte die Seife auf. Sein Unglück waren die Zigaretten. Zuerst meinte er, er komme ohne sie zurecht, aber am dritten oder vierten Abend merkte er, daß er es nicht schaffte. Er zog seinen Trenchcoat über und zog sich eine Mütze bis über die Ohren. Er sprang schnell hinaus zum Kiosk an der Ecke, dabei schaute er sich unruhig um. Jener war weg. Er kaufte die entbehrten Zigaretten und rauchte sogleich eine auf der Straße. Doch als er nach Haus kam, mußte er leider feststellen, daß jener schon dort war. Er saß am Schreibtisch und schaute sich interessiert die Notizen der letzten Tage an. Wenn Samborski in diesem Augenblick eine Pistole gehabt hätte, er hätte ihn auf der Stelle erschossen. Wenn er ein Messer gehabt hätte, hätte er sich auf ihn gestürzt und es ihm in den Rücken gerammt. Aber er hatte nichts dergleichen, er stand nur mit der Zigarettenschachtel da, bebend vor Wut. »Was willst du von mir? Hau ab!« stieß er hervor. Jener warf einen Blick zurück über die Schulter, schaute Samborski mit einer Mischung aus Überheblichkeit und Geringschätzung an und sagte: »Stör mich nicht. Ich arbeite.« Aha, so ist das, dachte der Autor Samborski mit wachsendem Zorn, er arbeitet also an meinem Schreibtisch an meinen Papieren, dieser unverschämte Schwachkopf. Im nächsten Augenblick stürzte er sich blindwütig auf jenen, versuchte ihm mit der einen Hand die Papiere zu entreißen und ihn mit der anderen am Kragen zu packen. Doch jener war schneller. Er faßte Samborskis Handgelenke, quetschte sie grob zusammen und drängte ihn an die Wand. Eine schöne Grafik fiel herunter, das Glas zersplitterte. Jener drückte ihn an die Wand wie ein Mädchen, er war größer, besser genährt, lebensvoller. Sein Atem roch nach Kaffee. Sein kalter, gallertartiger Blick bohrte sich in den von dieser Wendung der Dinge erschrockenen Samborski, und er zischte ihm direkt ins Gesicht:

»Ich hab dich erfunden, verstehst du, du kleiner Scheißer, ich hab dich erfunden und kann dich jederzeit wieder abschaffen, du bist nur ein ganz gewöhnlicher Erzähler, ein lyrisches Subjekt, ein unbeholfenes Konstrukt oder was weiß ich. Also spiel dich nicht auf, sondern kusch dich.« Angewidert ließ er von Samborski ab und kehrte an seinen Schreibtisch zurück. Der Autor rieb sich die schmerzenden Handgelenke, dann begann er leise, um jenen nicht zu stören, die Glassplitter aufzusammeln. Sein Zorn war verraucht, ja er empfand sogar – mit einem Blick auf die zerstörte Grafik – eine unerwartete Erleichterung. Alles ist immer leichter, als es zuerst aussieht. Jene Bar in einer Seitenstraße stand ihm vor Augen, die grilldunkle Bräune der Bardame.

Er brauchte nicht lange nachzudenken. Der Autor Samborski zog sich die Mütze tief in die Stirn und machte sich auf den Weg in die Stadt.

Die Eroberung von Jerusalem, Raten 1675

Am Ausheben des Kidron arbeiteten dreihundert Männer aus dem Dorf den ganzen Sommer 1675. Sie waren wütend, weil Erntezeit war, weil die zweite Heumahd anstand, weil dies oder jenes anstand. Immer wenn er mit ihnen sprach, lief letzten Endes alles aufs Essen hinaus: Mehl, Kohl, Kartoffeln, Fleisch (bei dem Wort leuchteten ihre Augen auf wie bei einem Hund). »Kann das möglich sein«, schrieb er an seine Frau, die den Sommer in Bayern verbrachte, »daß sie von denselben Vorvätern abstammen wie wir, von Adam und Eva?« Und gleich in der nächsten Zeile gab er sich selbst die Antwort: »Es ist nicht möglich. In der Geschichte der Menschheit muß es irgendeinen dunklen Punkt geben, denn mich bewegen große Ideen, sie jedoch sorgen sich nur um ihren Körper, und alles führt immer wieder auf den Körper zurück. Ich weiß nicht, ob sie überhaupt verstehen, was ich zu ihnen sage.«

Es stimmte, sie sahen ihn mit gerunzelter Stirn an, irgendwie voller Argwohn. Und in den Momenten, wenn sie sich vergaßen, lag Haß in ihrem Blick. Wenn noch einmal, Gott behüte, ein Krieg ausbrechen würde, wie vor einigen Jahren, dann würden sie sich auf das Schloß stürzen, ohne mit der Wimper zu zucken, um zu zerstören und zu plündern. Wahrscheinlich würde es ihnen nicht einmal in den Sinn kommen, die Kristallüster, Teppiche und das chinesische Porzellan zu stehlen, sie würden sie lieber zerstören, zerstampfen, Dinge, die zu nichts nütze waren, erlesene Überflüssigkeiten. Vielleicht – so dachte er spöttisch –, vielleicht würden sie die Herrlichkeiten des Schlosses zu schätzen wissen, wenn diese aus Brot, Fleisch und Kartoffeln mit Speck wären. Die Revolution würde schnell zu Konsum, der Aufstand zum Verschlingen, durch die Stille nach dem Kampf würden das Furzen und Ächzen im Gebüsch tönen. So ist es immer.

Deshalb regte er sich gar nicht auf, als sie eine zaghafte, düster blickende Delegation zu ihm sandten, weil das Ausheben eines Burggrabens zur Zeit der Ernte allen ihnen bekannten Regeln widerspräche. In ihren Augen drehten sich die Brotlaibe. Natürlich stellte er ein Drittel der Leute für ein paar Tage frei, denn die Speicher mußten ja schließlich gefüllt werden. Doch im wesentlichen ging es ihm um ein pädagogisches Ziel – daß es göttliche, geistige Dinge gibt, die wichtiger sind als eure vollen Mägen. Es lohnt sich, für eine Idee zu leben und sich im Leben anzustrengen. Eine edle Leidenschaft ist unsere Rettung.

Das Schloß in Raten war nach grausamen Kriegen zerstört und geplündert in seine Hände gekommen. Immer noch lag er über dem Park und hielt sich in der Erde, dieser schreckliche Geruch verbrannter Wolle von Teppichen, Überwürfen und Schafsfellen, die vorher den Steinboden wohnlich gemacht hatten. Der Brandgeruch war ein Zeichen dafür, daß bei den Gewalttätigkeiten dieses Krieges die Hölle ihre Finger im Spiel gehabt hatte. Die Angehörigen der schändlichen Brandstifter arbeiteten später beim Wiederaufbau, schleppten die Steine hinauf, lieferten den Sand für den Mörtel, hauten die hölzernen Balken zurecht. Er erinnerte sich an das Gefühl, das er gehabt hatte, als er an einem strahlenden Herbsttag auf die gegenüberliegende Anhöhe gestiegen war, um das Ergebnis des jahrelangen Wiederaufbaus zu begutachten – die Sandsteinfassade mit ihren Dutzenden von Fenstern, die Terrassen, die in sanften Stufungen zum Teich hin abfielen, die Gärten voller Rosen und Wein, die schlanken Säulen der Orangerie. Und dann die Attika im maurischen Stil, die architektonische Krone, die die atlasseidenen Ränder des Himmels zierte und den Atem verschlug, ein solches Wunderwerk in dieser wilden gebirgigen Landschaft. Liebe, ja, von Kynast hatte in diesem Augenblick Liebe empfunden, und Tränen waren ihm in die Augen gestiegen.

Er ging um das Schloß herum, streichelte zart seinen steinernen Körper an den Fugen, an den Rändern der Steine entlang. Aus Liebe zu ihm hatte er sich den Maifeiertag ausgedacht: Er hatte Feuerwerk, ein Orchester, Tänzerinnen, Köche und Bäcker herbeigeholt, hunderte weißer Tischtücher, silberner Bestecke, Porzellan und Gläser und körbeweise Blumen herbeischaffen lassen. Marmorweiße nackte Figuren standen allenthalben im Park – Nymphen und Göttinnen, vor denen das Bauernvolk sich so fürchtete. Er lud seine ganze Familie von nah und fern ein, und da er, wie jeder Adlige, viele Verwandte hatte, waren die Räume des Schlosses bald erfüllt von lautem Geplauder, begeisterten Ausrufen, dem vielsprachigen Funkeln geistreicher Dialoge. Zu den Mahlzeiten wurden die großen Tische aneinandergeschoben, mehrere Mägde waren Tag und Nacht damit beschäftigt, das Geschirr zu spülen. Die von weither geholten Köchinnen überschlugen sich, aus den Küchenfenstern wallte der Rauch, es brutzelten die gebratenen Ferkel, Fasanen, riesige Lachse. Wildbret drehte sich am Spieß.

Und das Wetter war herrlich, wie es im Mai so ist. Die Gäste schlenderten im Park umher, bewunderten Springbrunnen und Statuen und vor allem die lebenden Bilder. Im Nordteil des Parkes nämlich stellten kostümierte und geschminkte Bauern eine Allegorie des Winters dar. Sie standen auf ausgebreiteten Leintüchern, die weiß wie Schnee waren. Eine Gruppe, die Jäger vorstellte, zielte auf ausgestopfte Wildschweine und Hasen. Daneben eine Gruppe von Frauen, an ihren Spinnrocken und Webstühlen erstarrt. Geschmückte Schlitten veranschaulichten die Freuden winterlicher Vergnügungen – Jagden und Schlittenpartien. Auf einem Leintuch fischten Männer an einem ausgeschnittenen Eisloch. Die Gestalt des Winters selbst verkörperte eine stattliche alte Frau aus dem Dorf, eine Frieda oder Greta oder so ähnlich, sie stand auf einen Stab gestützt, eingehüllt in Bärenfelle, die schwer zur Erde hinabfielen. Sie wirkte furchteinflößend und majestätisch. Die dicke Puderschicht auf den Gesichtern der Schauspieler verbarg Schweißtropfen, denn selbst für den Monat Mai war es ein warmer Tag.

Solchermaßen erbaut gingen die Zuschauer weiter, zum östlichen Teil des Parks. Dort wurden sie vom Frühling begrüßt, einem jungen Mädchen in einem leichten weißen Kleid mit einem Blütenkranz auf den offenen hellen Haaren und einem Korb voller Blumen. »Ach!« entfuhr es den adeligen Betrachtern, die Augen der Junggesellen ruhten mit Wohlgefallen auf den schlanken, entblößten Fesseln des Frühlings, die Frauen bewunderten die herrliche Feinheit von Seide und Tüll. Neben ihr verharrten Männer reglos in der Bewegung des Pflügens. Ein Sämann stand unbeweglich in der weitausholenden Geste, mit der die Saat ausgestreut wird.

Eine junge Frau, deren Name von Kynast entfallen war und die sich vor allem durch ihre schönen blonden Haare auszeichnete, die ihr offen bis auf die Hüften fielen, stellte im südlichen Teil des Parks den Sommer dar. In einem geblümten Kleid, mit einer Weizengarbe auf dem Kopf und einem Armvoll Rosen, den ersten des Jahres, stand sie zwischen den Blumen und um sie herum Erntende in Strohhüten, Schnitter mit Sensen und Frauen, über ihre Sicheln gebückt. Und im Westen, gleich bei dem Teich, stand der Herbst in all seiner Schönheit ohne jede Verkleidung. Körbe mit Birnen und Äpfeln, saubergeschrubbte Karotten, ein paar Fetzen bunter Stoff, der die Pracht des farbigen Herbstlaubs darstellen sollte. Die Verkörperung des Herbstes war die Geliebte, die von Kynast im Dorf hatte, die schönste Frau weit und breit, die rothaarige, üppige Marcela Opitz. Sie herrschte wie eine Königin über die zur Erde gebückten Frauen, die verstreute Kartoffeln aufsammelten oder mit erhobenen Dreschflegeln über Flachsgarben standen.

Muß man betonen, daß alle begeistert waren? Daß die Feier mehrere Tage und Nächte dauerte, daß ohne Unterlaß bis zum Morgengrauen feierliche Musik erklang, durchsetzt vom lauten Schall der Posaunen, dem Falsett der Geigen und dem Klagen der Oboen. Unter den Füßen der Gäste knirschte der Kies der Gartenwege.

Und als es vorbei war, als die quietschenden Kutschen die Gäste davongefahren hatten, von denen nur noch das plattgetretene Gras und Türme von schmutzigem Geschirr zeugten, als die herbeigeholten Köchinnen erschöpft an den Tischen saßen und die vollgefressenen Hunde in den mit Abfall übersäten Kreuzgängen schliefen, als die Bauern in ihre Hütten zurückgekehrt waren und ihre starrgewordenen Knochen streckten, erklärte von Kynast seiner Frau, die auf dem Sofa ruhte (sie hatte Kopfschmerzen):

»Wir müssen, verehrte Gattin, Dinge tun, die keinen Zweck haben. Sonst wäre unser Leben flach und schal, wie das Leben von jenen dort ...« Dabei zeigte er auf das Dorf, das im Tal schimmerte. »Das irreale Bedürfnis ist das, was uns vom Tier unterscheidet. Nicht unser Denken, nicht unsere klugen Bücher. Wir müssen Dinge tun, die unnötig und zwecklos sind, die kurzlebig, doch strahlend sind, Dinge, die in Erstaunen setzen, selbst wenn man sie gleich darauf vergißt. Unser Leben muß voll von solchen Feuerwerken sein. Sonst würden wir von Unruhe ergriffen und unfruchtbar.«

In diesem Jahr hatte von Kynast einen glänzenden Einfall, der alles übertraf, was er jemals ersonnen hatte.

Die Verwirklichung dieses Einfalls begann eben mit dem Ausheben des Kidron im Juli, der Ernte zum Trotz, dem Diktat der Jahreszeiten entgegen, die die Menschen zwingen, sich einem monotonen Rhythmus zu unterwerfen. Danach saß von Kynast bis spät in die Nacht mit seinem Sekretär in der Bibliothek, und im August machte er sich auf den Weg nach Prag, der Hauptstadt der Diözese, um mit dem Bischof wichtige Details abzustimmen. Dort bestellte er auch Tuch, bunte Stoffe, besprach sich mit Holzschnitzern und kaufte antike Rüstungen, um sie seinen Schmieden als Muster zu zeigen. Er kaufte auch Schilde, Haubitzen und Schwerter. Und er ließ Banner entwerfen. Bereits im September stellten die Schmieden auf die neue Produktion um, Hufeisen, Faßreifen, Wagenachsen waren vergessen, jetzt wurden Lanzenspitzen geschmiedet, die Griffe wurden aus Holz gefertigt. Die Frauen nähten Mäntel und Überwürfe, die Mädchen stickten seltsame Zeichen auf Fahnen. Mehrere Dörfer arbeiteten in Eintracht und Harmonie, denn sie wurden gut bezahlt – in Lebensmitteln, wie erwartet, die er von benachbarten Schlössern holte und auf den Märkten in der Stadt kaufte. Alle seine Dörfer, die sich von Norden nach Süden durch die Täler zogen, waren bei der Arbeit – Raten und Rathenaw, Stenau und Albendorf, Seifersdorf, Schraffeneck und andere kleine Webersiedlungen, die verstreut in den Bergen lagen. In jedem Dorf bestimmte er einen Mann zum Verantwortlichen für die Produktion, und einmal in der Woche, sonntags nach der Messe, traf er sich mit ihnen, damit sie ihm Bericht erstatten konnten. Und sie, mürrisch wie sie nun einmal waren, berichteten, wie viele hölzerne Schwerter sie hergestellt hatten, wie viele Überwürfe und bunte Mäntel ihre Frauen genäht hatten, und von Kynasts Ökonom trug diese Angaben in Rubriken für Getreide, Flachs, Kartoffeln und Vieh ein. Und die Schreiner in dem kleinen Kunzendorf bauten ein Belagerungswerk, hoch wie ein Baum, auf hölzernen Rädern.

Und während all diese Vorbereitungen getroffen wurden, machte sich von Kynast an die Hauptsache: den Aufbau von Jerusalem.

Ein Vorfahr der von Kynasts nämlich war Gottfried von Lothringen – so zumindest hieß es in der Familie. Und wenn es stimmte, daß das Blut eine Art eigenes Gedächtnis hat, dann wurde verständlich, was von Kynast sah, sobald er die Augen schloß und innerlich zur Ruhe kam. Er konnte nämlich hinter geschlossenen Lidern das Bild einer goldenen Stadt in einer Wüste sehen, die sich unter der Sonne ausdehnte. Hohe Mauern, Türme, Tore, Kirchturmspitzen und Minarettkuppeln. Ein großer goldener Kuchen, der auf dem Tablett der Welt präsentiert wurde.

Diese Vision nun übertragen auf die feuchten schlesischen Wiesen ... Schon früher hatte er diesen Ort – so schien es ihm jedenfalls – als dem imaginierten Gelände frappierend ähnlich empfunden. Nach Osten und Südosten hin zwei tiefe Täler und ein kleiner Fluß, der mit jedem Tag mehr zum Kidron wurde, im Südwesten Hügel, die Zion vorstellen konnten. Hinzu kam, daß man von den Terrassen des Schlosses einen herrlichen Ausblick darauf hatte, es war wie eine Bühne, als habe Gott von Kynasts Plan begünstigen wollen, indem er sein Schloß an einen so perfekt dafür geeigneten Ort plaziert hatte.

So machten sich die Zimmerleute ans Werk und bauten eine Nachahmung der Heiligen Stadt. Sie sollte eigentlich nur aus den Mauern bestehen und in wesentlich kleinerem Maßstab sein, das Innere der Stadt sollte der Vorstellung überlassen bleiben, denn es ging ja nicht um die Stadt an sich, sondern um ihre Eroberung. Dafür wurden die Befestigungen gebaut: der Davidsturm, das etwas kleinere Herodestor und das Jaffator auf der westlichen Seite.

Bereits Ende November war Jerusalem fertig. In diesen kalten, dunklen Wintertagen lernten die Bauern, die ohnehin nichts zu tun hatten, ihre Rollen. Robert von der Normandie wurde von Hans Hodisch gespielt, dem Schmied, einem großen stattlichen Mann mit langem, dichtem Bart. Beim Anpassen der Rüstung sah er aus wie ein echter Ritter, obwohl er sich, an Schuhwerk nicht gewöhnt, ziemlich ungeschickt bewegte. Zum Robert von Flandern bestimmte von Kynast Opitz, den Vater jener schönen rothaarigen Herbstgestalt. Raimund von Toulouse wurde ein Ackerbauer aus Stenau, anscheinend war er der einzige, der sich in seine Rolle wirklich einlebte und sich als gescheit und schnell von Begriff erwies, zudem war er noch schauspielerisch begabt. Mit Tankred gab es nichts als Probleme, denn der Bauer, der für diese Rolle bestimmt war, wurde zu Weihnachten krank und starb am Neujahrstag, und auf Biegen und Brechen mußte ein Ersatz gesucht werden. Und dann noch Gottfried von Lothringen. Von Kynast verlockte der Gedanke, sich selbst als Schauspieler zu versuchen und sich der Stürmung anzuschließen, doch seine Frau entschied, daß es sich für einen Adligen nicht gezieme, mit dem Bauernvolk über die Felder zu laufen, deshalb gab er diese Rolle seinem Sekretär, einem entfernten Verwandten, was diesem insgeheim unangenehm war.

Was die Ungläubigen betraf, so wollte kein Bauer diese spielen. Sobald sie begriffen, worum es sich dabei handelte, war niemand bereit, auch nur für ein paar Stunden Heide zu sein. Zur Rolle des Verteidigers von Jerusalem, des fatimidischen Statthalters Iftichar, ernannte von Kynast einen dunkelhäutigen Knecht von einem der Güter, den Dörfern machte er indessen zur Auflage, daß ein jedes fünfzehn Ungläubige stellen mußte, ob sie wollten oder nicht.

Die ersten Proben fanden kurz vor Weihnachten statt, als noch kein Schnee lag und der ganze Aufbau einen jämmerlichen, traurigen Eindruck machte.

Vielleicht lag es an dem dunklen tiefhängenden Dezemberhimmel, der sich an den Berggipfeln rieb, vielleicht an der Kürze der Tage, die kraftlos dahinkrochen, bis es Mittag war, und dann in einem unentschlossen heranwogenden Dämmer verendeten, jedenfalls konnte sich von Kynast gewisser Zweifel nicht erwehren. War er in der Lage, eine so große Gruppe von Leuten zu lenken? Würde es gelingen, die Eroberung durchzuführen? Würden sich diese begriffsstutzigen zerlumpten Faulpelze plötzlich in Ritter verwandeln können?

Doch das Orchester probte schon die feierliche Musik, schon wurden Rinder und Schafe geschlachtet, schon knirschten die gehäuteten Hasenrümpfe auf dem Eis, bedeckte das Gefieder gerupfter Vögel den Küchenfußboden. Was sollte daraus werden? In den

Proben waren die Bauern tölpelhaft, sie stolperten durch den Matsch, fielen hin, wollten nicht laufen, gaben nichts her, warteten nur darauf, daß man sie endlich nach Hause gehen ließ. Mit was für einem Zorn dachte er an sie, was für eine Wut schürte in ihm dieses geistlose Menschenvieh. Konnte es sein, daß die Menschen einst anders gewesen waren? Schließlich hatten sie sich doch auf diese weite Fahrt zum Grab des Herrn gemacht, schließlich hatte ihnen doch anderes am Herzen gelegen als Fressen und Beischlaf in dumpfen, niedrigen Hütten? Er versammelte sie bei den Ställen und sprach mit ihnen wie mit Kindern, aber sie traten nur von einem Fuß auf den anderen, blickten sehnsuchtsvoll zu ihren Häusern in der Ferne und hüstelten. Er erzählte ihnen in den einfachsten Worten, die ihm einfielen, von der edlen Begeisterung des Herzens, dank derer die Blüte der christlichen Ritterschaft, aber auch Menschen niederer Stände, Frauen und Kinder über Land und über das Meer in die Fremde gezogen seien, um mit Hilfe Gottes die Heilige Stadt aus den Händen der Ungläubigen zu befreien. In glühenden Farben beschrieb er ihnen die Mühsal der Reise, die Öde der Landschaft, die Wildheit der Wüsten, die Heimtücke der Heiden. Er schilderte die unerträgliche Hitze und den roten Staub, der in jede Pore des Körpers drang. Und Durst und Hunger und die Wunder, die sich damals häufiger ereigneten als heute – denn wir leben in Zeiten der Dürre und Leere, unser Glaube ist wie schimmliges Brot. Er sagte ihnen, so schlicht er es vermochte, daß sie nun die Gelegenheit hätten, ein großes Mysterium zu spielen, das Erringen eines ewigen Geheimnisses, so wie die heilige Messe jedes Mal die Teilnahme an der Auferstehung bedeute. Wenn sie nun die Eroberung der Stadt spielten, so wäre dies, als ob sie sie wirklich ruhmreich errängen, als wären sie wirklich dabei, als seien sie nicht jetzt geboren, da sich die Welt ihrem Ende zuneigt und sich nichts Interessantes mehr ereignet, sondern viel früher, als die Welt voller Wunder und Gottes Gegenwart in jedem Ereignis enthalten war, jeden Tag, immerzu. Taub und tumb, wie sie waren, erschienen sie jedoch bei der nächsten Probe noch begriffsstutziger, noch fauler, so daß er sie anschreien mußte, und die frostige Luft trug seine Stimme über die Menge hinweg und hallte von der dunklen Wand des Fichtenwaldes wider. Es wäre leichter gewesen, die fest verwurzelten Bäume zu überreden, in die Schlacht zu ziehen.

In einer der Weihnachtsnächte kam ihm die Lösung. Sie kam ihm nicht im Traum, sondern in der Schlaflosigkeit, die ja die besten Ideen hervorbringt. Von Kynast wälzte sich unruhig hin und her in seinem französischen Bettzeug, immer aufgeregter wurde er, weil die Gäste schon eintrafen und alles bereit war außer den Schauspielern. Wie sollte er es bewerkstelligen, daß die Schlacht voller Verve sein würde und echt aussähe? Daß es ihnen etwas bedeutete? Daß sie mitmachen wollten? Er lag im Bett, doch vor seinen müden Augen spielte sich die Niederlage in allen möglichen Variationen ab, bis es ihm leid tat, daß er diese verrückte Idee überhaupt gehabt hatte. Aber mit einem Mal sah er alles von einer anderen Seite. Daß man nichts ganz und gar bekommen konnte, ohne ein Opfer zu bringen, daß die Welt im Grunde nichts anderes ist als ein Kaufmannskontor – man gab etwas und bekam etwas. Daß die Bauern ein anderes Ziel haben mußten als das geistige, weil sie das geistige nicht schätzten, daß sie wissen mußten, daß sie in den künstlichen Mauern des falschen Jerusalems etwas bekämen, was ihnen teuer ist, was sie sich wünschten und mehr als alles andere haben wollten. Und das mußte er ihnen geben.

Fleisch. Gebratene Schweinshälften, ellenlange Würste, geräucherte Schinken im Netz, Kutteln, gefüllt mit gehackter Leber, in Blut gekochte Grütze, in Schweinsdarm gestopft.

Die Vorstellung war für den Dreikönigstag geplant. Über die Feiertage schneite es viel, und der Schnee verwandelte den nackten Bau in eine Märchenburg. Schon am Vortag trafen Hunderte von Gästen aus Schlesien, Pommern, Sachsen und Böhmen ein, und zum Auftakt der Feier gab es einen großen Ball. Die Tanzpaare bildeten einen bunten Zug, der Klang der Musik drang in jeden Winkel des Schlosses von Raten. Rheinwein strömte in die Pokale. Es gab tschechisches Bier und scharfen Wodka aus dem Osten, denn nichts wärmt den durchfrorenen Körper im Winter besser als dieser. Brot und Butter, verschiedene Käsesorten, etliche Kuchen, Früchte, die man mit großem Aufwand aus dem Süden beschafft hatte, gebratenen, gebackenen und gekochten Fisch, Schüsseln mit Kohl, fette Bohnensuppen und zahlreiche Süßspeisen gab es in Hülle und Fülle, sie zogen die Blicke auf sich, doch gleichzeitig enttäuschten sie. Die Augen der Gäste suchten unwillkürlich und trotz der Vergnügungen die herrlichen Formen von Hammelhaxen, Wurstringen, fettriefenden Stücken von Gebratenem. Es war kein Fleisch zu sehen. Beim Frühstück tauschten sich die Gäste hier und da flüsternd darüber aus. Der Hausherr galt als Romantiker. Natürlich geziemte es sich nicht für die Gäste, nach Fleisch zu fragen, es geziemte sich nicht, die blasse und an ihrer Lippe nagende Hausherrin zu fragen, wann die Schüsseln mit Fleisch aufgetragen werden würden. Und danach dachte im Eifer der Vergnügungen niemand mehr ans Essen. Gegen Morgen umnebelte der Weindunst alles, und die vom Vergnügen erschöpften Körper gaben sich dem ungeschmälerten Genuß des Schlafes hin.

Am Nachmittag strömten die Gäste auf die Terrasse, Musik erklang. Die durchfrorenen Finger der Musiker entlockten ihren Instrumenten eine mächtige Ouvertüre, und den Augen der Versammelten bot sich ein schöner Anblick: Die verschneite Stadt funkelte in der Sonne, auf ihren Zinnen standen Mamelucken mit bunten Turbanen auf dem Kopf. Vor den Mauern war das Heer der Christen aufgestellt. Die durchdringende Stimme des Kantors stimmte die einführenden Worte an:

»Gott! Die Heiden sind in dein Erbe eingedrungen, haben deine heilige Kirche besudelt!«

Beim Klang dieser Worte teilte sich das Heer der Kreuzritter in vier Gruppen und zog auf die Terrassen, wo sie die festgelegten Stellungen bezogen.

»Hier sind die edlen Ritter«, rief der Kantor. Dann stellte er die Parade vor, wobei er sich zwischendurch immer tief vor dem Publikum verbeugte. »Der tapfere Gottfried und sein Bruder Eustache von Boulogne. Litold und Gilbert von Tournai mit einer Abteilung auserwählter Soldaten. Dort Tankred mit seinem Posten und hinter ihm Robert von Flandern. Und der tapferste der Ritter, Gottfried von Lothringen.«

Als sich der Heide Iftichar auf den Mauern der Stadt blicken ließ, begrüßte ihn das versammelte Publikum mit Füßestampfen und lauten Rufen: »Ungläubiger!« »Verrecke!« »Feigling!« »Hund!«

Hingerissen von der Parade und den herrlichen Kostümen klatschten die Zuschauer Beifall, die Damen winkten den Rittern mit ihren Taschentüchern.

Die Verkleidungen waren so gelungen, daß kaum etwas an die ungewaschenen Körper der hiesigen Bauern denken ließ, die in den Rüstungen und Panzern steckten.

»Erobern wir die Heiligtümer, die Gott uns vermacht hat!« erdröhnte die Stimme, und die Musik wurde lauter, um zu untermalen, wie die Kreuzritter sich zum Angriff bereitmachten.

»Wie das Feuer, das den Wald verbrennt, wie die Flamme, die Berge in Brand steckt, so jage du sie mit deinem Sturm und versetze sie in Furcht mit deinem Donner.«

Der Angriff brach mit solcher Macht los, daß von Kynast Angst bekam. Was, wenn alles zu schnell vorüber sein würde? In der Menge der Gäste auf der Terrasse spürte er das erregte Dampfen ihrer Körper, ihren beschleunigten Herzschlag.

Die größte Wucht traf den Zionsberg und den nördlichen Teil. Doch die Heiden verteidigten die Stadt mit solchem Eifer, daß sich die Kreuzritter zurückziehen mußten. Die Belagerungsmaschinen setzten sich in Bewegung, eine große und eine kleinere, und krallten sich an die glitschige Mauer. Aus den groben Riemen der Schleudern schnellten große

Schneebälle, die mitten in der Stadt zu Boden fielen und dort Verwirrung stifteten. Gleichzeitig führte Tankred mit seiner Abteilung von Westen aus einen machtvollen Angriff und warf sich mit schier unglaublicher Wucht gegen die Mauern. Die Heftigkeit des Angriffs kannte nicht ihresgleichen. Beide Seiten kämpften, wie es schien, auf Leben und Tod. Mehrere Männer fielen von der belagerten Mauer kopfüber in die Schneehaufen darunter. Niemand schenkte ihnen Beachtung. In der Mauer entstand eine Bresche, durch die sich die kampfesmutigen Ritter in die Stadt drängten. Es erhob sich Gebrüll, Schmerzensschreie ertönten, jemand wurde fast zerquetscht, an einer Stelle dehnte sich eine rote Blutlache im Schnee aus. Die bunten Turbane fielen, die Ketten der Panzer rissen, die dünnen Rüstungen platzten, die hölzernen Schwerter hieben auf Rücken ein. Der Kantor kam mit seinem Text nicht nach, die Ereignisse griffen dem Drehbuch vor.

»Singet Gott Lobpreis, singet ihm Lobpreis! Preist unseren König, preiset ihn! Denn der Herr ist der König der ganzen Erde.«

Schon neigte sich der Sieg, so wie es sich gehörte, der richtigen Seite zu, als sich plötzlich Verzweiflung der Verteidiger bemächtigte und sie sich geschlossen um die Mitte der Anlage drängten, an einer Stelle, die man von der Terrasse aus nicht genau erkennen konnte – und dorthin verlagerte sich die Hitze des Gefechts. Die Gäste streckten sich auf den Zehenspitzen, reckten die Köpfe, ein paar junge Leute waren von dem Schauspiel so angeregt, daß sie auf die Balustrade stiegen. Von Kynast selbst wirkte beunruhigt. Mit einem Stirnrunzeln gab er einem Vertrauten ein Zeichen, dieser jagte in Windeseile hinab und mischte sich fast unbemerkt ins Gewühl der Pilger und Kreuzritter. Das Kriegsglück neigte sich nun ganz eindeutig der Seite der Verteidiger zu. Humpelnd traten die christlichen Ritter den Rückzug an. Von Kynast gab dem Kapellmeister ein Zeichen, und dieser verstand es sofort, denn im nächsten Augenblick wurde die Musik so laut, als gelte es, das Gebrüll und die Schmerzensschreie aus der Festung zu übertönen. Die Trompeten verkündeten schon den Sieg, und es war schwer, sich dieser Musik zu widersetzen. Die Kämpfenden schienen einen Augenblick lang konsterniert, als brächten die aus den Proben vertrauten Klänge der Musik sie wieder zur Besinnung. Die Kreuzritter stürzten sich zurück in die Schlacht, doch im Zentrum der Anlage entstand ein Tumult, sicher machten da die Ungläubigen Anstalten, die Waffen niederzulegen. Die Schlacht ging zu Ende. Die Herzen der Zuschauer waren von Stolz erfüllt, brachen schier vor Rührung. Einige Damen wischten sich diskret Tränen aus den Augen. Selbst Frau von Kynasts Gesicht bekam wieder Farbe, und sie drückte die Hand ihres Mannes zum Ausdruck ihrer Liebe.

Jetzt sollte der Kniefall stattfinden, bei dem die Fahnen der Ungläubigen den Siegern zu Füßen gelegt werden sollten, doch der Tumult hielt an, deshalb spielte das Orchester noch einmal dasselbe Stück, und der Kantor wartete mit dem Rezitieren des nächsten Teils. Die Gäste wurden schon ungeduldig, als die Kreuzritter nach und nach durch die verschneite Mauer stapften, ein wenig verstört, ohne Helm und Waffen, manche schleiften noch große Schuppen von den Körperpanzern hinter sich her. Sie schleppten Bündel, zerrten Säcke aus Gewandstoff mit sich, viele kauten, doch fiel das aus dieser Entfernung nicht auf. »Gott sei Dank«, dachte von Kynast. Sie trieben die Heiden, die jetzt nur noch mitleiderregend wirkten, vor sich her, an der Spitze ihren Anführer Iftichar in zerrissenen Kleidern, gebückt, mit leeren Händen. Die Besiegten hielten ihre herunterhängenden Gewänder fest, verhedderten sich in aufgewickelten Turbanen. Zu den Füßen der Ritter lagen zerbrochene Standarten, die Musik erscholl triumphierend, und zum Schluß verneigten sich die Schauspieler vor dem begeisterten Publikum.

»Selig der Mensch, der deine Kraft in sich trägt und in dessen Herz deine Wege sind«, rezitierte der Kantor.

»Denn ein Tag in deinen Gefilden ist besser als tausend an einem anderen Ort.«

Von Kynast bewegte seine Gäste, vielleicht etwas überstürzt, zur Rückkehr in die Gemächer des Schlosses, er zeigte sich besorgt, daß es ihnen zu kalt sein könnte, und beteuerte, daß drinnen heißer Wein und weitere Lustbarkeiten zur Neujahrsfeier auf sie warteten. Außerdem sei der Anblick eines Schlachtfelds nach dem Kampf ja nicht einer der schönsten. Selbst verließ er unbemerkt das Schloß und kämpfte sich durch den hohen Schnee bis zur Stätte der Gefechte. Die Bauern, die in ihre Häuser eilten, kamen an ihm vorbei. Sie waren sehr bemüht, seinem Blick auszuweichen. Sie schleppten vollgestopfte Taschen, ihre Frauen wühlten noch im Schnee nach hingefallenen Wurststücken, blutigen Därmen, Speck- und Schwartenfetzen, rissen sich um gebratene Ferkel und legten alles sorgfältig in ihre Körbe. Sie aßen. Alle aßen, hastig, ungeduldig. In der Stille hörte man nichts als das Malmen und kurze Rufe. Nur sein Sekretär saß allein im Schnee, neben einem zerbrochenen Holzschwert. Er schluchzte. Aus einer klaffenden Wunde in seiner Stirn tropfte Blut.

»Es ist gelungen«, sagte von Kynast, und in einer Aufwallung unverhoffter Rührung half er dem Verwundeten aufzustehen. »Wir haben die Stadt erobert.«

Der Abend kam sehr schnell, wie es um die Jahreszeit üblich ist. Die erleuchteten Fenster des Schlosses warfen lange warme Schatten auf den zertrampelten Schnee. Ohne Unterlaß erklang Musik, die nach draußen drang. Die umliegenden Dörfer feierten auch den Sieg der Kreuzritter. Auf den verschneiten Wiesen wurden Feuer entzündet, von dort hörte man Lachen und Rufen. Ein Kind marschierte im Paradeschritt mit einer Wurstkette um den Hals. Die Hunde verschleppten die Knochen in der ganzen Gegend.

Bardo. Die Weihnachtskrippe

Bardo liegt im Sudetenland, in einem der Täler, von denen es hier so besonders viele gibt, kleine Runzeln auf dem Gesicht der Erde, kaum ein Krähenfuß. Der Ort hat eine lange Geschichte, vor langer, langer Zeit wurden hier Edelmetalle, Amethyst und Nephrit gewonnen. Der Legende nach gibt es auch Gold. Tief in den Bergen soll es einen ganz gewöhnlichen Felsen geben, der sich unter großem Druck und gewissen geheimen Kräften selbst von profaner Materie reinigt, sich selbst destilliert und im Dunkel zu reinem Gold verflüssigt, das dann auf alle Ewigkeit dort liegen bleibt.

Früher führte der Handelsweg von Schlesien nach Böhmen hier entlang, und deshalb entstand dort eine kleine Stadt. Sie hat im Tal Fuß gefaßt und macht keine Anstalten, die steilen Bergwände hinaufzuklimmen. In der Geschichte der Stadt ist es durch schwere Regenfälle oder kleinere seismische Erschütterungen mehrmals zu Erdrutschen gekommen, wobei Häuser zerstört wurden und Einwohner zu Tode kamen.

Jetzt ragt die Bergwand nackt über der Stadt auf, denn selbst die Bäume haben nicht den Mut, ihr Leben aufs Spiel zu setzen, die rote mit Felsen durchsetzte Erde ist weithin sichtbar, wie eine Wunde inmitten der grünen Bäume. Die in das Tal gezwängte Stadt sieht deshalb aus, als stecke sie in einem orthopädischen Korsett, als würde sie ohne die beiden Abhänge, die sie von zwei Seiten stützen, auseinanderbrechen und in Stükke zerfallen.

Durch das Tal fließt ein kleiner Fluß, die Häuser drängen sich an die Ufer und hocken aufeinander. Kleine Brücken halten das Ganze wie Klammern zusammen. Es gibt zwei Kirchen hier, ein Kloster (ein zweites wurde vor mehreren Jahrzehnten in ein Heim für behinderte Kinder verwandelt), es gibt ein Restaurant und mehrere kleine Kneipen, die Forelle in Mandeln, die Spezialität des Ortes, servieren, zwei Grundschulen sind hier, eine Berufsschule, Kleinindustrie. Und natürlich gibt es ein Kurhaus, früher kamen viele Kurgäste der Mineralquellen wegen, von diesen Zeiten ist nur ein Promenierweg geblieben, ein paar stark von Flechten befallene Platanen und ein reich verzierter Mineralbrunnen, umgeben von steinernen Bänken. Von dem Park mit Rhododendronbüschen ist auch noch ein Stück übrig. Und natürlich die Krippe.

Wißt Ihr, daß es erst der Papst Liberius war, der am 25. Dezember 354 zum ersten Mal das Weihnachtsfest feierte? Daß dreieinhalb Jahrhunderte lang die Geburt Gottes unbemerkt verstrich, daß die alljährliche Offenbarung so geräuschlos vorüberging wie das Fallen eine Blatts im Herbst?

Das Datum wurde nicht willkürlich gewählt, sicher dachte man dabei an die Trübseligkeit der Menschen, wenn die Tage am kürzesten sind, wenn der kalte Wind von Norden weht, wenn man meinen könnte, daß die Sonne nie wieder hoch am Himmel steht. In dieser Zeit meint man, Grün sei eine Farbe, die man nur in Träumen sieht, die in Wirklichkeit gar nicht existiert, und daß alles Blühen nur eine längst vergangene Anomalie gewesen sei.

Wer auch immer als erster die Idee hatte, eine Krippe zu bauen, stützte sich dabei auf ein paar Sätze im Evangelium, fand ein paar Visionen in überschwenglichen heiligen Schriften, besann sich auf eine Handvoll Geschichten aus den Apokryphen.

Die Krippe entstand wie die Stadt, langsam, geduldig, ausgehend von einem einzigen Zeichen, das den heiligen Ort kenntlich machte: Anfangs stellte man in den Kirchen nur die Futterkrippe auf, diesen eigentümlich banalen Ort der Geburt Gottes, später erst wagte man es, die Figur des Kindes hineinzulegen. Noch später kam die Mutter dazu, eine liegende Frau mit dem Kind in den Armen, von dem Kind ging ein Glanz aus, der das Gesicht der Frau dunkel erscheinen ließ. Aber der Prozeß, in dem mehr und mehr zu der Geschichte hinzukam, war in Gang gesetzt und sollte endlos weitergehen – zu einem Kind und einer Frau brauchte man einen Mann, man brauchte Zeugen dieser Ereignisse, und zwar Menschen und Tiere, man brauchte die von der Geburt entzückte Natur, Grotten, Himmel, Sterne, Engel, die neugierig hinter dem Vorhang des Horizonts hervorlugen.

Seit jener Zeit steht Ochs und Esel, die hingerissen das nackte Kind betrachten, die stumme Frage in die Augen geschrieben, ob der Gott der Menschen auch für die Tiere auf die Welt gekommen ist. Ja, sagte sanft die Frau, ja, und zeigte mit der Hand auf ein Lamm. Dann kamen die Heiligen Drei Könige zur Krippe, ein heller Stern hatte ihnen mit dem Schweif den Weg gewiesen. Ohne Widerstreben mischten sich die Engel unter die neugierigen Hirten. Es wurde voll und laut wie auf dem Jahrmarkt.

Der heilige Franziskus war der erste Regisseur, er legte den kleinen Jesus auf duftendes Heu, und mit dieser kleinen Geste machte er die Krippenszene der menschlichen Rührung zugänglich. Da, wo sich die Zerbrechlichkeit des menschlichen Körpers mit der Macht eines kosmischen Ereignisses verbindet, beginnt die Zeit neu. Und weil eine Zeit ohne Erzählung tot ist und genausogut nicht existieren könnte, muß sich also seither im zyklischen Rhythmus immer dasselbe abspielen: der Engel, der die Botschaft bringt, die Flucht auf dem Esel, die Herbergssuche, das Finden der Grotte, der Augenblick der Dunkelheit, indem sich die heimliche Geburt aus dem Körper einer Frau vollzieht, selbst die Helligkeit muß von jetzt an vielfach ausstrahlen, immer wiederholbar. Es muß ein Leitstern am Himmel stehen, die Heiligen Drei Könige müssen ziehen, eine schwindelerregende Vielzahl von Kleinigkeiten eintreffen, ihre Verneigung wird mechanisch, damit sie sich bis in die Unendlichkeit wiederholen kann, so wohlgefällig ist dem Auge dieser Akt der Demut. Und dann der Raum, auch der will eine Rolle spielen – Lissabon, Saragossa, Prag, München, Wien und Olomuniec, Brünn und Krakau, Lemberg und das ferne Buenos Aires –, jeder Ort auf der Welt möchte Zeuge der Geburt des Herrn sein und sie mit etwas Konkretem ausstatten – mit Äpfeln oder Granatäpfeln, den gleichmäßigen Rechtecken von Kartoffelfeldern oder Orangenhainen … Und so wie der Raum will auch die Materie schaffend an der Geburt beteiligt sein – Jesus kommt in Wachs und Glas zur Welt, in Terrakotta und Elfenbein, in Holz und Stein. Er kann so groß sein wie ein Stöckchen, wie ein wirkliches Menschenkind oder noch größer, denn er ist ja Gott, und menschliches Maß berührt ihn nicht.

Die Krippe in Bardo wird zum ersten Mal 1591 in der Jesuitenschrift »Excursio Glacensis oder Die Bekehrung des Glatzer Landes« erwähnt. Wie sie entstanden ist und wie sie damals aussah, weiß man nicht. Wahrscheinlich beschlossen die gegenreformatorischen Jesuiten, sie auszubauen und prachtvoll auszustatten. Sie waren besessen von der Idee der Herrlichkeit. Sie träumten von beweglichen, wechselnden Szenen, die Verkündigung des Engels sollte überzeugend sein, er sollte erscheinen und verschwinden, der kleine Jesus sollte bei der Belehrung im Tempel die Hände bewegen, ein Stern sollte mit der Langsamkeit einer himmlischen Schnecke über den hölzernen Himmel ziehen. Sie holten aus Tirol einen Spezialisten für bewegliche Krippen, einen gewissen Xaver Nis, der etliche Jahre damit verbrachte, die Krippe zu vervollkommnen und auszubauen, doch dann starb er leider. Zum Glück hinterließ er einen fähigen Schüler, einen Hiesigen namens Michael Klahr, der es auf sich nahm, die Arbeit weiterzuführen. Während Nis' Figuren außergewöhnlich realistisch und in jedem Detail ausgearbeitet waren, neigte Klahr dazu, sie – gemäß dem veränderten Geschmack der Zeit – zu stilisieren und zu vereinfachen. Mit der Zeit sah das aus, als sei die Krippe von zwei Sorten Menschen und Tieren bevölkert. Als der ältere Klahr starb, führte sein Sohn Michael Ignaz Klahr die Arbeit fort. Dieser hatte wieder eine andere Hand, aber da die alten Arbeitgeber inzwischen nicht mehr da waren, weiß man nicht, welche Absichten ihn dabei leiteten. Die Krippe wuchs dabei wie von selbst, fand ihre eigene Ordnung, während ihre Schöpfer nacheinander starben. Dann verschlug es einen gewissen Jeschke nach Bardo, einen Altarbauer, der der Krippe mehr Tiefe verlieh, indem er den Hintergrund weiter ausbaute und einen Himmel hinzufügte. Nach ihm kam jemand namens Czech, der das Seine dazutat, er kam aus der Gegend von Kralikowy, dem damaligen Zentrum des Krippenbaus, und veränderte das Ganze im tirolischen Stil in eine Art Marionettentheater. Die alten Figuren befanden sich jetzt auf beweglichen Bändern, auf Reifen, die dem Auge des Betrachters verborgen blieben, und bewegten sich mit Hilfe eines einfachen Kurbelmechanismus. Czech oder sein Nachfolger fügten noch einige Szenen hinzu, so daß sich die Grotte mit dem Kind und die Heilige Familie selbst nicht mehr im Vordergrund befanden, man mußte sie deshalb aus der bunten Menge der Menschen, Tiere, Häuser, Bäume, Gegenstände herausschälen. All diese Figuren bewegten sich aufeinander zu, drehten sich im Kreis, verließen ihn und kehrten wieder an ihren Platz zurück. Als im 19. Jahrhundert der Einsiedler Helbig, ein Krippenspezialist, auftauchte, brauchte er die Krippe von Bardo nur noch räumlich auszubauen. Das machte er auf sehr originelle Weise – er steckte sie in einen großen Glaswürfel, drehte sie um die eigene Achse und verband den Anfang mit dem Ende, beziehungsweise er tat etwas, womit er die lineare Zeit auf immer aufhob.

Diese detaillierte Darstellung wurde von einer Frau aus Bardo aufgezeichnet, nennen wir sie der Einfachheit halber Maria Kowalska, um ihren wahren Namen nicht preiszugeben, was sich im Licht der weiteren Entwicklungen bestimmt als angebracht erweisen wird. Maria Kowalska war eine Lehrerin aus Grodno, eine Malerin, die wie etliche andere auch im Winter des Jahres 1946 hier ankam. Unterwegs auf der Fahrt aus dem Osten hatte sie, wie es hieß, ihr kleines Kind verloren, am Weihnachtsabend war es gestorben, wie es hieß. Ihr Mann war schon seit mehreren Jahren verschollen, die Russen hatten ihn abgeholt und nach Osten deportiert. Leider weiß ich darüber nichts Genaues. Da sie eine höhere künstlerische Ausbildung hatte, wurde ihr ganz natürlicherweise die Aufgabe übertragen, sich um dieses Kunstdenkmal zu kümmern. Aus diesem Grund bekam sie sogar eine Wohnung in dem Haus, in dem sich die Krippe befand – einem düsteren, einstöckigen Gebäude, das sich an den Steilhang schmiegte.

Heute läßt sich nicht mehr feststellen, wie die Krippe unmittelbar nach dem Krieg ausgesehen hat. Hauptsächlich muß man sich auf die Arbeit jener Frau Kowalska stützen, die mit Fleiß und Sorgfalt etliche Quellen erschloß, vornehmlich deutsche. Ihrer detaillierten Beschreibung fügte sie Fotografien hinzu, deren Qualität allerdings einiges zu wünschen übrig läßt – die meisten kleinen Einzelheiten sieht man darauf gar nicht.

Sicher ist, daß die Krippe fast das ganze Gebäude in Anspruch nahm. Ein Glaskasten, der aussah wie ein riesiger Eiswürfel. In einer mit bemaltem Holz verkleideten Säule in der Mitte befand sich der Mechanismus. Jede der vier Bühnen war fast zwei Meter breit, doch der Raum dieser Krippenwelt wirkte viel größer, da die Künstler ihn nacheinander wie im Theater perspektivisch erhöht, vervielfacht und aufgefächert hatten, was durch denselben Trick erzielt wurde, der einen Chor auf Praktikabeln aufstellt und bewirkt, daß »weit entfernt« nichts anderes heißt als »näher am Himmel«. Den Eindruck von Tiefe verstärkte noch eine außergewöhnliche Bemalung auf den Wänden der Säule, hinter der sich der Mechanismus verbarg, der die Figuren in Bewegung setzte – in der angemalten Luft erhoben sich die halb durchsichtigen Gestalten aller möglichen Geschöpfe – Tiere, Menschen, Teufel, Dämonen, Engel, Insekten, Hybride, Chimären –, jede Kombination, die ihrem Schöpfer in den Sinn gekommen sein mochte. Die Umrisse gingen ineinander über, die Farbkleckse ballten und vermehrten sich, als wären sie in der unablässigen Bewegung unaufhörlicher Verwandlungen befangen. Einer transparenten Maltechnik jedoch war es zu verdanken, daß sie immer erkennbar waren und kühn aus der Menge der anderen in den Vordergrund traten, deshalb schien es, als hätte diese Fläche Tiefe, als dehnte sich die Vielzahl der Wesen in eine weitere, dazu noch unendliche Dimension aus. Diese fließenden Gestalten bevölkerten den ganzen Himmel. Sie traten aus jedem noch so kleinen Stück Raum hervor, bedeckten die Landschaft mit Tausenden von Seifenblasen. Der Himmel war mit ihren Augen übersät wie mit einer neuen Art lebendiger Galaxie. Alles beobachtete sich gegenseitig, jede Bewegung wurde immer von einem Auge bemerkt. Und dieser vervielfältigte Blick schaute den Betrachter an, tausendfach, bewußt, aufmerksam.

Das war der Hintergrund für den Himmel, die Landschaft, die Szenen und Figuren, und vielleicht auch für die Zeit, die hier in gewisser Weise gebrechlich erschien, da sie, ihrer Linearität und Ordnung beraubt, planlos wie ein Wirbelwind im Innern dieses gläsernen Behälters umherkreist.

Mitten in dem fröhlichen Chaos steckten Adam und Eva neben dem Apfelbaum, beide nackt, voller Anmut, noch liebevoll einander anblickend, noch vor der Sünde. Aber schon auf der Wand daneben erschien der Apfel, nicht größer als eine Walderdbeere, und ein goldenes Schwert blitzte hinter den Wolken hervor. Damit verlor sich dieser Faden der Geschichte des Sündenfalls schamhaft, dafür erschienen die zerstrittenen Brüder und dann sogleich und unvermittelt ein Alter, der seltsame exotische Tiere auf sein Boot führte. Und daneben Moses, der mit seinem Stab gegen den Fels schlug, und dann die Propheten und dann obskure Figuren, die identifiziert werden wollten, in Gruppen von zwölf, zehn und sieben ordentlich aufgestellt. Die Figuren auf den höheren Ebenen wurden kleiner, die ganz oben, nah am Himmel beziehungsweise in der Ferne, waren kaum mehr als hölzerne Stifte, nur aus der Nähe betrachtet Menschen ähnlich, doch um diesen Trick, diese kleine Schummelei zu durchschauen, mußte man die Glasscheibe abnehmen und den Kopf hineinstecken oder sie am besten durch die Lupe betrachten.

Die Touristen, die der Ausflüge überdrüssig geworden waren und hierherkamen, um sich die Krippe anzuschauen, gaben sich damit zufrieden, sie voll Bewunderung anzustarren, aber schon Maria Kowalska, die einzige Führerin hier, trieb sie voran oder vielmehr im Kreis, so daß sie da wieder ankamen, wo sie angefangen hatten – die Münder der Kinder vor Erstaunen geöffnet, die Erwachsenen begeistert flüsternd.

Vor dem Hintergrund dieses entfesselten Himmels, auf den weiter zurückliegenden Ebenen, die mit sichtlicher Erleichterung von religiösen Bezügen freigehalten worden waren, hatte man aus Pappmaché und Holz eine dreidimensionale Kulisse von Bergen, Dörfern und Städtchen, Bergwerken und Fabriken aufgebaut. Auf dieser Ebene waren die kleinen Figuren zwar noch unbeweglich, erhielten aber plötzlich ein konkretes Leben. Sorgfältig ausgearbeitete Menschlein, bis unters Kinn zugeknöpft in ihren Bergmannsuniformen, Damenkleidern (die kleinen Hüte erinnerten an Weihnachtskuchen), Herrenanzügen und nicht genau zuzuordnenden Trachten, bevölkerten die Landschaft. Hier, in dieser kosmischen Unbeweglichkeit, ereigneten sich Dutzende Geschichten zu gleicher Zeit – weiter unten folgten die drei Könige dem Stern, der sie durch den ganzen Kasten zum Kind in der Krippe führte. Der bereits erwachsene Jesus hielt gleich daneben Judas die Wange zum Kuß hin, während Pontius Pilatus seine Hände in einem Waschbecken wusch, das viktorianischen Stil imitierte. Hinter ihm trug ein Esel mit einer lustigen Mausschnauze die Heilige Familie zwischen Bergleuten hindurch, die am Abhang eines Papierberges arbeiteten, und brachte sie vor Herodes in Sicherheit. Der Berg gab das Bergwerk preis wie ein Sesam-öffnedich: im Inneren leuchtete die Kohle, die aus unerfindlichen Gründen aus rötlich opalisierendem Glimmer bestand. Vielleicht sollte es auch rotes Eisen sein und keine Kohle. Rings um die Häuser der Dörfer weideten Kühe, doch gleich dahinter ragte eine aus Ziegeln gebaute Fabrik auf, und in gefährlicher Nähe zu einer Gruppe von Nonnen, die in die Anbetung des Kindes versunken waren, verlief eine Straße voll mit altmodischen Autos.

Diese Bildergeschichte nahm kein Ende, aber sie hatte auch keinen Anfang, die Szenen gingen ineinander über, waren hier und da überraschend durch ein einzelnes Element verbunden. Die Geschichten erzählten sich auf der entgegengesetzten Seite zu Ende, wie in einem zweistimmigen Lied.

Mit dem Mechanismus ging man schonend um, er wurde, je nach Saison, zwei-, dreimal täglich eingeschaltet. Dann kam Leben in die Krippenszene – und das wäre ganz schwer zu beschreiben, weil die Bewegung dem Ganzen noch eine zusätzliche Dimension verlieh, kleine Portionen einer kreisförmigen Zeit, wenn auf der einen Seite ein Schwan von einem Teich aufflog, verschwand auf der entgegengesetzten Seite ein Hase in seinem Loch. Die Hämmer in der Schmiede waren mit dem monotonen Schaukeln der Jesuskrippe verbunden, die auf der Straße fahrenden Autos brachten auf irgendeine Weise die Bergleute im Bergwerk in Bewegung, und ein Tanz von Leuten in Volkstracht setzte eine Prozession der zwölf Apostel in Gang. Die Kühe hoben die Köpfe, und der Fels rollte vom Grab des Herrn, die Schnitter holten mit ihren Sensen zum Schwung aus, die Sonne sank hinter den Horizont, auf einem Hügel drehten sich die Flügel der Windmühle. Beim Einschalten des Mechanismus gerieten die Figuren in Bewegung, doch die Zuschauer erstarrten, sie blieben überrascht stehen und versuchten sofort die Regeln der Bewegung zu durchschauen, zu begreifen, wie der Mechanismus funktionierte. Wenn sie allmählich einsahen, daß die Anzahl der Figuren und Szenen so groß war, daß man sie gar nicht alle erfassen konnte, gingen sie wieder um das ganze Werk herum, kamen jedoch höchstens ein paar Verbindungen auf die Spur. Aber niemals dem ganzen Geheimnis der Krippe.

Die erste Erwähnung der Weihnachtskrippe, die Maria Kowalska in einer alten schlesischen Zeitung gefunden hatte, war wahrscheinlich ein kleiner Artikel aus der Vorkriegszeit – und deshalb, wie alles aus dieser »Vor«-Zeit, deutsch – über die touristischen Attraktionen des Städtchens. Dort stand geschrieben: »Die Krippe übt auf die Gläubigen eine so starke Wirkung aus, daß sie sich des Weinens nicht enthalten können.« Man kann annehmen, daß dieser Satz sie erleichterte. Angeblich war sie – wie der Gehilfe und Hausmeister Herr M. berichtete – in Tränen ausgebrochen, als sie zum ersten Mal die Krippe in Betrieb sah.

Es war im Sommer, ein Jahr nach dem Krieg, als Herr M. den von Soldaten beschädigten Deckel reparierte und einen speziellen Schlüssel zum Aufziehen des Mechanismus anfertigte.

Herr M., der leider nicht mehr am Leben ist, erzählte mir davon, wie sie beide den Mechanismus zum ersten Mal inspizierten. Sie lüfteten den Metalldeckel und schauten hinein wie in einen Brunnen, leuchteten mit Taschenlampen ins Gewirr der Federn, Zahnrädchen und Getriebe. Das Innere des Uhrwerks war verstaubt. Man kann sich denken, daß sich ein solcher Anblick dem Gedächtnis einprägt. Vielleicht träumte jene Maria Kowalska auch seither davon, und jedesmal erscheint der Mechanismus anders, einmal ist er aufgebläht zu den riesenhaften Ausmaßen einer ganzen Stadt, dann wieder geschrumpft auf die Größe des schimmernden Getriebes einer Damenuhr.

Das nächste Mal blickten sie ins Innere der Krippe, als der Mechanismus stehengeblieben war, als sie sich durch den hohen Schnee bis zu Herrn M. hatte durchkämpfen müssen, denn er war der einzige Mensch, der bei allem Rat und Hilfe wußte, und er, im Schlafanzug mit dem warmen Pelz darüber, brachte seine Werkzeugtasche mit. Niemand weiß, wie es ihm gelang, den Mechanismus wieder in Gang zu setzen.

Er erzählte, zuerst hätten sie mit einem Gummiklistier – das sicher einst für den Säugling gedacht gewesen war – den Staub vorsichtig abgesaugt und mit einem in Spiritus getauchten Pinsel die Teile gereinigt. Herr M. hob mit dem Schraubenzieher ein Blechplättchen an, und alles funktionierte wieder wie am Schnürchen. Die Kowalska aber wußte, daß sich das Unglück eines Tages wiederholen würde, vielleicht würde die berühmte Krippe von Bardo dann für immer stillstehen. Herr M. war dafür, in Zukunft alles auf elektrischen Betrieb umzustellen und die primitive Kurbelei abzuschaffen, aber eine solche Veränderung hätte eine umfangreiche Überholung erfordert. Dann hätte man nur noch auf einen Knopf zu drücken brauchen. Doch da mischten sich die Experten aus Wrocław ein und untersagten jeden eigenmächtigen Eingriff.

Die Kowalska tat, was sie konnte – sie sorgte zum Beispiel, so gut es ging, für eine gleichbleibende Temperatur im Raum, und das war wirklich schwer, in den kalten Wintern reichten die Kohlezuteilungen nicht aus, im Sommer hingegen wurde es unter dem nicht isolierten Dach unerträglich heiß.

Im zweiten Friedensjahr kamen die ersten Schulklassen nach Bardo, zuerst nur aus der Gegend, dann aus ganz Polen. Jeden Nachmittag drängte sich die Menge und wartete, bis die magische Zahl von dreißig Zuschauern voll war. Die Kowalska achtete darauf, daß der Mechanismus nicht für weniger Zuschauer eingeschaltet wurde, manchmal mußte sie sich zwingen, ihnen nicht das Atmen zu verbieten, das Hauchen, das Ausstoßen von Kohlendioxyd, die Erhöhung der Luftfeuchtigkeit. Bald darauf richtete sie am Eingang eine kleine Bude mit Andenken ein, sie ließ Postkarten mit Bildern von der Krippe anfertigen, eine Reihe von Aufnahmen, die aneinandergeklebt waren und sich wie eine Ziehharmonika auffalten ließen. Sie hätte auch gerne Reiseführer über die Sudeten angeboten, aber die gab es noch nicht auf polnisch, man fing erst an, sie zu übersetzen, und bekanntlich ging es dabei ja nicht nur um die Übersetzung. Die Krippe mußte darin erst slawisiert, ins Piastentum eingekleidet werden. Das war alles, was der kleine Laden an der Krippe von Bardo den Schulausflüglern zu bieten hatte. Und wenn sie abends mit dem großen, fast antiken Schlüssel die Tür zum Haus mit der Krippe zuschloß, bebte sie vor Angst vor Einbrechern, Feuer, Erdrutsch, Überschwemmung, verirrten Blitzen, Sturm und Schneefall, von dem das Dach hätte einsacken können.

Herr M. erzählte, sie habe ganze Tage vor der Krippe verbracht. Er hatte sie oft gesehen, wie sie vor einer Seite hockte und den Kopf hin und her reckte, um einen anderen Blickwinkel einzunehmen. Er konnte sich denken, warum sie das tat – bei einer solchen

Vielfalt der Stufen und Ebenen konnte selbst die kleinste Veränderung der Perspektive das Blickfeld so verändern, daß sich die jeweilige Szene in einem ganz neuen Licht darstellte. Nehmen wir zum Beispiel die drei Könige. Wenn man sie betrachtete, wie sie sich vor dem Kind in der Krippe verneigen, wie sogar ihre Pferde und Kamele knien, dann ging es eindeutig um die Geburt Jesu. Sah man sie aber vor dem Hintergrund der felsigen, wüstenartigen und bedrückend öden Landschaft, konnte man meinen, hier mache gerade ein Wanderzirkus Rast, und alle neigten sich über das Wasser, um ihren Durst zu stillen. Oder noch anders – weiter oben, auf einer höheren Ebene, sah man die himmlischen Chöre, Hunderte von Engeln, die in himmlischen Reihen standen, und goldene Erzengel und vom Himmel umrahmte Throne, dann sahen diese drei reich gekleideten Männer mit ihrem Troß aus wie die Stifter eines heiligen Bildes, wie sie nach alter Sitte am Fuß der Heiligen abgebildet werden. So konnte man sich ganze Tage damit amüsieren. Und das tat die Kowalska auch.

Herr M. sprach mitfühlend über sie. Offenbar weckt bei Männern nichts so großes Mitgefühl wie eine einsame Frau. Beharrlich kam er immer wieder auf das verstorbene Kind zurück und daß sich davon keine Mutter erhole. Vielleicht hegte er deshalb eine distanzierte Achtung ihr gegenüber, trotz der Tatsache, daß sie nachts gerne Alarm schlug, ihn außerhalb seiner Arbeitsstunden kommen ließ, auch mitten in der Nacht, um nachzusehen, ob alles in Ordnung sei, ob nichts fehle, ob nicht etwas am falschen Ort stehe, wo es nicht hingehöre. Herr M., ein schlichter Mensch, der die Freuden des Lebens liebte, behandelte die Krippe als einen schönen, komplizierten Gegenstand, dem er eine geregelte Arbeit zu verdanken hatte. Es war seine Aufgabe, den Raum in Ordnung zu halten, das ganze Gebäude zu betreuen, kleinere Reparaturen zu besorgen und den kleinen Garten am Eingang zu pflegen. Er kannte die Krippe ziemlich gut, hatte sie im Gedächtnis, aber nie ganz. Er erinnerte sich an einzelne Figuren, zum Beispiel an einen Menschen mit einem Bündel und einem Hund oder an eine Gruppe von Bergleuten, die Dame spielten. Aber er konnte nie alles aufzählen. Deshalb war er unsicher, hörte die nervösen Klagen der Kowalska an, es fehle in der Krippe etwas, was da sein müsse. Es war unmöglich, daß jemand in das Gebäude gehen, den verschlossenen Glaskasten öffnen und einzelne Figuren herausholen konnte. Deshalb betrachtete er diese Berichte als Hysterien ihrer kranken Seele, als Symptome eines kleinen, ungefährlichen Wahnsinns. »Waren da nicht Enten auf dem Teich?« fragte sie aufgeregt. »Sind da nicht kleine bunte Entchen auf dem Teich geschwommen?« Er erinnerte sich an keine Enten. Aber sie war so hartnäckig, daß er zu zweifeln begann, vielleicht waren da wirklich Enten gewesen, nur hatte er sie nicht bemerkt, der Teich war nicht größer als eine kleine Münze. Vielleicht war er das letzte Mal beim Reinigen der Innenseite mit dem Ärmel über den Teich gestreift, und diese Entchen, die seiner Meinung nach höchstens so groß wie ein Weizenkorn sein konnten, waren an der rauhen Wolle seines Pullovers hängen geblieben, und er hatte sie verloren.

Die Enten. Kleine Krümelchen aus Holz, mit einem winzigen Pinsel bemalt. Ihre grünlichen Hälse und roten Schnäbel – denn so tauchten sie in der Krippe auf. Er freute sich an den Enten. Besser, etwas Neues kam hinzu, als daß etwas verloren ging.

Sie, die Kowalska, fuhr damals oft nach Wrocław, belegte irgendwelche Kurse, lernte Deutsch. Herr M. heizte ihren Ofen, wenn sie nicht da war, damit ihr die Blumen nicht erfroren. Er erzählte, sie habe sich da eine kleine Werkstatt eingerichtet – Farben, Leinwand, alles, was Künstler so haben. In der Schule in Bardo leitete sie einen Kunstkreis. Manchmal brachte er ihr etwas, was er übrig hatte – eine Tüte mit Nüssen aus seinem Garten, ein Körbchen Erdbeeren, die so reichlich in seinem Schrebergarten wuchsen, ein Glas Quittengelee, das seine Frau eingemacht hatte. Aber er konnte sich mit ihr nie richtig unterhalten. Richtig – das heißt, daß man sich eines Abends an den Tisch setzt, eine Flasche Wodka aufmacht und redet. Wenn sie ein Mann gewesen wäre, wäre das anders gewesen, aber sie blieb für alle in der Umgebung eine einsame Frau, die einst Kind und Mann verloren hatte. Ein solches Unglück entfremdet einen Menschen ein für alle Mal. Die Hand Gottes, sagte er, ergreift die vom Unglück gebrandmarkten Menschen und stellt sie ein wenig höher als andere oder abseits von ihnen, so daß man die Hände zum Trichter um den Mund legen möchte und ihnen etwas zurufen, sie zurückrufen möchte.

Erst später stellte Herr M. bei kleineren Ausbesserungen fest, daß in der Krippe ständig etwas Neues auftauchte, ständig etwas hinzukam. Zum Beispiel ein Zug: Er fuhr hoch oben, gleich unter den himmlischen Chören, durch eine auf die Schnelle hingemalte Winterlandschaft. Er war präzise aus Holz geschnitzt und dann angemalt, eine kleine Lokomotive und ein paar Waggons, nur Güterwaggons, kein Personenwaggon. Eines war sicher – der Zug war vorher nicht dagewesen, und als Herr M. sich auf den Weg zu ihr machte, um ihr bestürzt davon zu berichten, begriff er mit einem Schlag die Wahrheit: Sie selbst hatte diesen Zug gemacht und vorher auch die Enten. Er blieb stehen, zündete sich eine Zigarette an, dann kehrte er langsam zu seiner eigenen Arbeit zurück, zu einer kaputten Regenrinne, die neu befestigt, zum Laub, das verbrannt werden mußte, zum Fegen des Hofes. Und auch danach gab er ihr durch nichts zu verstehen, daß er Bescheid wußte. Er nahm den Zug hin, als wäre er immer dagewesen. Manchmal machte es ihm Sorgen, daß sie ihn für einen Idioten halten könnte, aber letzten Endes gestand er sich ein, daß er zu alt war, um sich darüber noch aufzuregen. Weshalb sollte es ihn scheren, was sie von ihm dachte? Sie war eine Frau, die ein Kind verloren hatte, deshalb bedurfte sie einer besonderen Art Nachsicht. Als er im nächsten Jahr unter ihrem wachsamen Auge die Kassette reinigte, staubte er den Zug genauso ab wie den kleinen Jesus, die Muttergottes und die Heiligen Drei Könige, die roten Federbüsche der Bergleute, das Häuschen mit Garten, wo eine winzige Familie auf der Terrasse saß, die Soldaten und den Panzer, der ihnen folgte, die Paare, die auf einer Hochzeit tanzten, die Gerüste um eine Ruine und die arbeitenden Maurer. Er dachte nicht einmal mehr darüber nach, was schon dagewesen und was hinzugekommen war. Er hatte den Eindruck, daß alles, was neu zu der Krippe hinzukam, dort am Platz war und sich in die Landschaft mit all den Engeln einfügte. Ja, auch die kleinen Menschenfigürchen mit Blutflecken auf ihren weißen Hemden paßten hinein, die kleinen Klingen von Hinrichtungsbeilen, die grauen Gestalten auf einem mit Stacheldraht eingezäunten Platz, die Wachtürme, aus denen die Läufe kleiner Maschinengewehre ragten. Soll es so sein, dachte er. Sollen die abgebrannten Dörfer, die Ruinen kleiner Städte, sogar die Miniaturfriedhöfe mit Kreuzen dünner als Streichhölzer ihren Platz haben. Soll sie nur, dachte er, sie tut ja etwas Gutes, sie zerstört nichts, sondern fügt hinzu, das ist sogar mehr, als wenn sie nur instand setzen würde. Mehr, als wenn sie sich nur kümmern würde.

So vergingen einige Jahre, in deren Verlauf der Mechanismus ein paarmal versagte, einmal sogar ernsthaft, und man mußte einen Experten aus Mittelpolen kommen lassen, der aber nur wenig ausrichten konnte. Er riet, die Krippe zu schließen und die Kurbel nicht mehr zu benutzen. Auf die Verantwortung der Kowalska tauschte Herr M. natürlich das beschädigte Lager aus, wechselte bei der Gelegenheit auch zwei Zahnräder und einen kleinen Hebel. Von der Krippe berichteten inzwischen die Zeitungen im fernen Warschau, und die Touristen, die zum Bergwandern gingen, machten eigens einen Abstecher nach Bardo, um die Krippe zu sehen. Und sogar die Durchreisenden auf dem Weg in die Tschechoslowakei oder zurück, Ausflügler oder Leute, die ihre Verwandten besuchten, Beamte auf Dienstreise, ja sogar Lastwagenfahrer, die es auf der Transitstrecke hierher verschlug, alle, die hierher kamen, gingen auch die Krippe besichtigen. Die Kowalska legte vorsorglich ein Besucherbuch für sie aus, damit sie ihre erste Rührung in Worte fassen konnten, sie mußte sich vergewissern, daß sie gerührt waren, daß das Bedürfnis, sich an der Krippe einzutragen, und sei es auch nur in ein banales Besucherbuch, sie an das Tischchen drängen würde, wo sie nach dem kleinen Bleistift an einer Schnur greifen würden, um zu schreiben: »Ich bin aus Krakau und habe schon viele Krippen gesehen, aber diese übertrifft alle meine Erwartungen« oder »Marysia aus Gdańsk. Ich bin acht Jahre alt. Am besten gefällt mir das junge Fräulein und die Hochzeit, auf der sie tanzen« oder »Ich heiße Thomas Schulz, das ist schön.«

Dieses Besucherbuch ist das einzige Andenken an die Krippe von Bardo. Nach den schweren Regenfällen im Frühjahr 1957 kam es, wie schon einige Male zuvor, erneut zu einem Erdrutsch. Das Gebäude, in dem die Krippe stand, wurde schwer beschädigt, eine Wand stürzte ein und zerstörte die ganze Konstruktion. Die Spezialisten aus der Universität in Wrocław konnten kaum noch etwas retten. Wissenschaftler bauten ab, was noch erhalten war, fischten die Reste aus dem Schlamm, brachten alles ins Museum, wo es in Schachteln konserviert wurde. So kam die Krippe in Einzelteilen ins Magazin und wartet dort bis heute auf bessere Zeiten. Sicher läßt sie sich nicht mehr ganz aufbauen, zumal nach dem Tod der Kowalska niemand mehr weiß, wie sie aussah. Alles, was von ihr übrig geblieben ist, ist diese kleine Arbeit mit ein paar unscharfen Fotografien, ein paar Zeitungsausschnitte, ein paar Erwähnungen aus der Vorkriegszeit und das unzuverlässige Gedächtnis von Herrn M., als dieser noch lebte.

Es läßt sich allerdings ein gewisses Muster, ein Prinzip ausmachen, wollte man die Krippe rekonstruieren. Es müßte alles darin enthalten sein. Da nämlich die Gottesgeburt immer und überall stattfindet, da sie jede auch noch so kleine Sache, jedes Ereignis berührt, wird plötzlich klar, daß es nicht der Augenblick der Geburt Gottes ist, den man der Welt vorstellen muß, sondern umgekehrt – die ganze Welt sollte der Geburt vorgestellt werden, die Welt sollte an die Tür der Krippe geführt werden, alles sollte nacheinander hineingebracht werden, jeden Gegenstand, jedes auch noch so kleine Ding, jeden Menschen sollte man vor das Angesicht des Kindleins stellen und sagen: Das ist er, Jan oder Marysia, Paweł oder Thomas, bitte schön, macht euch bekannt. Und auch jedes Tier, vom Insekt bis zum Elefanten und zur Giraffe, sollte in die Krippe gebracht werden wie auf die Arche. Und schließlich sollte auch noch alles andere herbeigeholt werden, was auf der Welt existiert, unabhängig davon, ob es gut oder schlecht ist, ausschlaggebend sollte allein die Tatsache der Existenz sein, Kriege genauso wie Kohlebergwerke, Fußballspiele und Überschwemmungen, Banken und Bahnhöfe, demokratische Wahlen, Inflation, Gewalt in Familien, Erste-Mai-Demonstrationen, Haute Couture, Reiterferien, Oldtimersammlungen, Psychoanalyse und Kernphysik, moderne Literatur und Kunst – alles sollte man der Krippe vorführen und glauben, daß ihre atemberaubende Ordnung das alles zu einem Bild verschmelzen läßt, zu einem Mechanismus verknüpft, in einer sich ewig wiederholenden Bewegung wiegt, die alles auf immer mit allem verbindet.

Zum Abschluß will ich nur noch hinzufügen, daß die Kowalska zwei Jahre nach der Katastrophe starb. An Krebs, sagte Herr M. Er selbst hatte seinen guten Posten bei der Krippe verloren und verdiente seither mit einer merkwürdigen Arbeit etwas zu seiner Rente hinzu. Im sogenannten »Schreckenskabinett« eines Jahrmarkts, der sich aus irgendeinem Grund jedes Jahr in Bardo zum Überwintern zusammenfand, erschreckte er die Kinder. In einem schwarzen Mantel, das Gesicht weiß geschminkt, lehnte er sich hinter einer Portiere hervor und rasselte mit einer Kette. Und da in den Reiseführern, die träge und langsam sind, wenn es um Änderungen geht, den Touristen immer noch die Krippe von Bardo empfohlen wurde, landeten die enttäuschten Besucher, die der Empfehlung Glauben schenkten, schließlich auf diesem Jahrmarkt.

Schwer zu sagen, ob die mit roten Glühbirnen beleuchteten Scheusale oder die aus einer Ecke hervorspringende Vogelscheuche ihnen wirklich einen Schrecken einjagten. Wichtig ist, daß sie hinterher, wenn sie wieder draußen waren, alles sofort vergaßen – das ganze tiefe Tal, die ganze seltsame Stadt und die nicht eingelösten Versprechen der Reiseführer – und sich weiter auf den Weg zu ihren unergründlichen Zielen machten.

Spiel auf vielen Trommeln

Also, ich sehe so aus: Ich bin weder groß noch klein, nicht zu dick und nicht zu dünn, meine Haare sind weder hell noch dunkel. Die Farbe meiner Augen ist undefinierbar. Ich bin noch nicht alt, aber ich bin auch nicht mehr jung. Ich kleide mich unauffällig. Ich gehe leicht in der Menge unter. Wenn ich länger im Café an der Ecke sitze, setzen sich andere Leute an meinen Tisch, aber schenken mir keine Beachtung. Ich spreche sie nicht an, ich sehe sie mir nicht an. Ich trinke mein Bier oder meinen Kaffee und gehe.

Und trotzdem habe ich immer gemeint, ich sei ein besonderer und einmaliger Mensch.

Als ich in die Stadt kam, waren meine Koffer mit Aufklebern markiert, die meinen Namen trugen. In meinem Notizbuch hatte ich etliche Kreditkarten, Nummern und Pincodes. Die Rubriken waren vollgeschrieben mit den Namen anderer Menschen, ihren Adressen und Telefonnummern. Ich hatte auch meine Parfüms, seit Jahren dieselben. Ich trug Kleidung meiner Lieblingsmarken, ich benutzte bewährte Kosmetika. Auf dem Weg vom Flughafen redete ich in der Metro mit einem Mann, und in diesem Zufallsgespräch sagten wir beide immer wieder: Ich mag dieses, jenes mag ich nicht, dies gefällt mir, jenes nicht. Und dann umgingen wir die ärgerliche Subjektivität dieser Urteile vollends und sagten: Dies ist toll und jenes ist dumm und unerträglich. Ein solches Gespräch war angenehm, weil die einfache Tatsache der Existenz nicht reichte, wir wollten jemand Bestimmtes, ganz und gar Einmaliges sein.

Auf den ersten Blick könnte man meine Wohnung für düster halten. Die hohen Decken mit der schwachen Beleuchtung der Nachtlampen und die fehlende Symmetrie in der Raumaufteilung bewirkten, daß ich mich anfangs nachts verirrte, wenn ich zur Toilette mußte. Die verfleckten Fußböden waren ein Andenken an die vorhergehenden Besitzer, wahrscheinlich Künstler, denen Farbe von den Pinseln getropft war. Das Kreideweiß der Wände beunruhigte mich und verlangte nach farbigen Akzenten. Der Blick aus dem Fenster hätte in einer weniger widerstandsfähigen Person Depressionen hervorgerufen. Auf einer Seite gingen die Fenster auf einen leeren Platz, die Bäume, die ihn säumten, waren zu dieser Jahreszeit noch unbelaubt, ein Platz der Hunde, die hinter den von ihren Herren mit Schwung geschleuderten Stöcken herjagten, ein Platz der Hundeexkremente und neugierigen Elstern. Tagsüber spielten Jugendliche dort, Mädchen in Kopftüchern traten den Ball genauso geschickt wie die hellhaarigen Jungen. Am Tag des Frühlingsanfangs entzündeten braunhäutige Männer mit buschigen Schnurrbärten dort ein Feuer und zertrampelten das Gras in einem Gemeinschaftstanz, mehrere Reihen Tanzender, einer hinter dem anderen, wie in einer Übung im Turnunterricht.

Die anderen Fenster gingen auf eine Kirche mit zwei Türmen, deren jeder mit einem ansehnlichen Engel geschmückt war. Bis mir im Mai die Bäume voller Rabennester den Blick darauf verwehrten, schaute ich jeden Morgen auf die üppigen, ausladenden Formen der Engel. Lautlos bliesen sie der ganzen Stadt zum Aufwecken.

Ich war neidisch auf diese Engel, auf die Aufmerksamkeit, die sie gleichgültigen Menschen schenkten. Ich ging nackt durchs Zimmer, um den Blick aus ihren weißen Augen auf mich zu ziehen. Einmal in der Woche, am Sonntag, läuteten in meiner Kirche die Glocken, und so laut und hysterisch sie auch dröhnten, ihre religiöse Affektiertheit zeigte nicht den beabsichtigten Erfolg – kaum eine Handvoll Menschen kamen den Pfad über den Platz entlang zur Kirche. Die Kirche war bemüht, im Grün zu versinken, als schäme sie sich ihrer übertriebenen Größe, schamhaft zog sie sich zum Fluß hin, in den Osten der Stadt zurück und hätte sich wahrscheinlich am liebsten zwischen die Türme gehockt.

Und die Küchenfenster gingen auf einen ziemlich großen Hof, den eine Ziegelmauer vom Rest der Welt trennte, ein stiller, schattiger Hof, eine Oase im Zentrum der Stadt. Zwischen alten Ahorn- und Lindenbäumen standen hier Zirkuswagen und bunt angemalte Buden auf Fahrradskeletten, Kisten, in denen einst exotische Früchte gewesen waren, Golfschläger, Autoreifen. Ihre Bewohner faszinierten mich von Anfang an, deshalb verbrachte ich die meiste Zeit in der Küche. Ich widmete ihnen ganze Mahlzeiten, ich schob mir den Tisch ans Fenster, so hatte ich sie die ganze Zeit im Blick, während ich langsam an meinem Frühstück und Mittagessen kaute, und konnte ihre seltenen Wanderungen zwischen den Buden verfolgen. Bei ihnen gab es nicht die übliche Geschäftigkeit und überhaupt keine Eile. Sie erschienen draußen, sobald die Sonne hervorkam, saßen auf den Treppenstufen und ließen sich die Sonne aufs Gesicht scheinen. Ihre Kinder spielten ruhig und ohne Gebrüll. Sogar ihr Hund wirkte irgendwie beruhigt, ein Philosophenhund, der von der mehr schlecht als recht zusammengestückelten Terrasse aus das chaotische Geschwirr der Vögel beobachtete.

Manchmal veranstalteten diese bunten Leute nachmittags ein Konzert. Sie stellten starke Lautsprecher nach draußen und spielten alte Bluesmusik oder Pavarotti (bei letzterem versuchten sie leider mitzusingen), und wenn es dunkel wurde, wich die Opernmusik monotonem, düsterem und krankhaft traurigem Techno. Die Klänge stiegen wie Rauch aus dem Hof auf und beunruhigten die Engel auf den Kirchtürmen.

Allmählich lernte ich diese Leute kennen, indem ich sie durchs Fenster beobachtete. Jede Stunde stand ich von meinen Papieren auf, um die Glieder zu strekken. Ich trat ans Fenster und schaute. Ich lernte sie kennen, während ich frische Radieschen kaute, dann Erdbeeren und die ersten Mirabellen. Ich lernte sie mit Pflaumen kennen, mit Äpfeln und schließlich mit Maiskolben, in Salzwasser gekocht und mit Butter bestrichen. Wenn es warm wurde, spielte sich ihr Leben ganz draußen, vor den Buden ab. Wie Nomaden bereiteten sie ihre Mahlzeiten auf Spirituskochern zu oder direkt über dem Feuer, das sie in Blechkesseln entzündeten. Sie tranken Bier, rauchten Marihuana, bliesen den Rauch nach oben, damit er zum Himmel stieg. Und wenn es ganz dunkel wurde, holten sie Trommeln hervor, große, kleine und riesige, wie die in der Philharmonie, die zwei-, dreimal während des Konzerts erklingen, und ihr Klang fängt das Herz in einer kurzen, eisernen Schlinge und läßt es dann langsam wieder frei.

Sie trommelten um die Zeit, wenn ich zu Abend aß. Ich stellte den Stuhl direkt vors Fenster. Ich legte eine Serviette und Besteck auf den Tisch, schenkte mir ein Glas Wein ein und aß – kerzengerade, mit der Serviette auf dem Schoß, als wäre ich in einem exotischen Restaurant. Mit der Zeit wurde mir klar, daß ihr Trommeln tagsüber nicht aufhörte, es verlagerte sich nur ins Innere der Buden, reduziert auf ein Instrument, es schrumpfte zusammen im Sonnenlicht. Ähnlich wie der berühmte exotische Kaktus wuchs der Klang der Trommeln in der Nacht und wurde zu einem ganzen Orchester.

Ich konnte es sehen. Die Trommeln standen immer im Kreis – sie hatten etwas von Selbstbedienungsinstrumenten an sich, denn wenn ein Spieler des Trommelns müde wurde, zog er sich zurück ins Dunkel, zwischen die Buden, und ein anderer trat an seine Stelle, jemand, der frisch war, noch nicht ermüdet, jemand, der sich dem vibrierenden Rhythmus anschließen oder auch versuchen konnte, ihn zu ändern. Damals war ich noch eine einzelne Person. Vor dem Einschlafen schmierte ich mir Creme aufs Gesicht. Ich öffnete die Fenster zur Nacht. Ich träumte. Morgens schrieb ich die Träume auf und trank Kaffee. Ich setzte mich an die Arbeit – ich las, machte Notizen, schrieb Briefe, unterschrieb sie immer gleich. Ich hatte Pläne und eine Einkaufsliste. Ich erledigte alles nacheinander. Aber wenn man jeden Abend dieses Trommeln hört, fängt man an, alles anders zu sehen. Ein Alarmtrommeln, ein Warntrommeln, ein Wecktrommeln.

Am Rand der Stadt fand ich eine Schule, ein Bekannter hatte sie mir empfohlen. Eigentlich ist es sogar gut, daß sie so weit weg ist, dachte ich, die Zugfahrt durch die ganze Stadt beruhigt mich, schläfert mich ein. Aus dem Zug sieht man nicht die Stadt, nur einzelne, voneinander gesonderte Gebäude, übrigens immer in voller Renovierung, im Baustellenchaos, Kräne, bunte Zäune, die sie von der Straße trennen. Manchmal sieht man ein paar Straßenzüge, die gerade frisch fertiggestellt worden sind, die weißen Spuren von Kitt und Beton sind vor kurzem erst beseitigt worden, aber sie sind noch unbewohnt, als hätte niemand den Mut, in einen ganz neuen, modernen Raum einzuziehen. Vielleicht wird sich die Stadt auf diese Weise in Zukunft ganz entvölkern, je mehr neue Häuser es gibt, desto weniger Menschen wollen dort wohnen, je mehr Häuser es gibt, desto weniger Menschen, ein einfaches und zugleich geheimnisvolles Prinzip, das den Bauarbeitern nicht fremd sein kann. Oder die Menschen werden sich stur, verzweifelt und voll Angst vor dem Neuen in irgendwelchen Bruchbuden einnisten, in besetzten Häusern, in diskret in Parks aufgestellten

Buden, und den leeren silbrigen Wolkenkratzern bleibt nichts anderes übrig, als melancholisch den Himmel widerzuspiegeln, den gleitenden Tanz der Wolken, eine flüchtige, nicht menschliche Bewegung.

Als ich zum ersten Mal mit der Eisenbahn durch die Stadt fuhr, hatte ich ein merkwürdiges Gefühl – die Fahrt, der Blick aus dem Fenster, das sanfte Surren der Räder auf den Schienen brachten die Umrisse zum Verschwimmen. Aus den Waggonfenstern betrachtet erschien die Stadt nämlich besonders formlos, unbestimmt, so daß auch ich dabei meine Konturen verlor. Sie war ein großer aufgeblasener Zeppelin, der sich über den Himmel schiebt und sich unter dem Einfluß flüchtiger Wolkenformationen und eines Windhauchs verändert. Scheinbar blieb es die ganze Zeit dieselbe Stadt, doch dann bemerkte ich Tag für Tag neue Details. Über Nacht wuchsen auf leeren Plätzen verglaste Gebäude empor. Es kam auch vor, daß die Stationen der Untergrundbahn nicht ihre Reihenfolge beibehielten, sie sprangen eine vor die andere oder zögerten ihren Auftritt hinaus. Geschäfte. Diese wanderten ganz offensichtlich, und die Öffnungszeiten blieben mir völlig schleierhaft. In meiner Straße konnte man nie sicher sein, daß sich dort derselbe Laden wiederfand wie am Vortag. Und auch wenn derselbe noch da war, hieß das noch lange nicht, daß ich dort den gleichen Wein und die gleiche Sorte

Brot fand wie in der Woche vorher. Es sah auch so aus, als würden die Leute schnell einer Sache überdrüssig. Immer sah man große Lastwagen voller Möbel – die Einwohner zogen von einem Stadtteil in den anderen. Die Museumssammlungen wanderten – das bereitete den Touristen die größten Schwierigkeiten, denn sie haben gelernt, Museen als die stabilsten und solidesten Orte der Welt zu betrachten. Vielleicht gilt das andernorts, aber nicht hier.

Man mußte also sehr achtsam sein. Ich mußte schauen. Schauen. Die Stadt beobachten, damit sie nicht meiner Kontrolle entglitt. Während ich im Zug durch nicht enden wollende Vorstädte fuhr, durch Garagenansammlungen, bunt angestrichene traurige Blockbauten, wurde mir langsam klar, daß ich mich glücklich fühlte. Das war wohl die natürlichste Form der Existenz für mich – unscharfe Beobachtung aus der Entfernung, Nicht-Teilnehmen am Leben, das bloße Betrachten seiner Erscheinungsformen, Hindurchfahren, kurze Blicke. Wenn ich mit dem Zug durch die Stadt fuhr, war ich wie die Touristen im neuen Jahrhundert, die einen Bus mit Klimaanlage mieten und wie motorisierte Geister vorbergleiten, verschwimmend hinter den abgedunkelten Scheiben, flüchtige Zeugen der Ereignisse. Genauso fühlte ich mich – durch die Scheibe beobachtete ich die davonschwebenden Bilder, auf wenige Gesten reduzierte

Genreszenen – die einzige von meiner Position aus sichtbare Art der Kommunikation zwischen den Menschen. Verallgemeinerte Bäume, Parks, die in ein einziges sanftes grünes Band zusammenfließen. Die Tatsache, daß mein Blick an nichts hängenbleiben konnte, hob mein ganzes aufgeblähtes, immer bereites Ich sanft auf. Ich eignete mich für die Durchreise, die alles draußen vereinheitlicht. Durch die Fenster des Zuges betrachtet, wurde jedes Detail namenlos, unwichtig.

Ich stieg an einer Haltestelle weit draußen aus, von der aus ich noch eine gute Viertelstunde zu Fuß gehen mußte, und wahrscheinlich lag es daran, daß mich zuweilen ein besonderer Hunger nach dem Detail überfiel. Instinktiv steuerte ich einen Zeitungskiosk an (die gedruckte Schrift ist ein wahrer Triumph des Details), oder ich ging und schaute mir einen gewöhnlichen Stand mit fertigen Blumensträußen an. Dort ordnete sich der von der Fahrt verwischte Blick neu, blieb an den violetten Äderchen der Fresien hängen, fand Linderung an den cremefarbenen Flecken auf den Rosenblättern.

Die Stadt, die man aus dem Zugfenster sah, sah nicht wie eine Stadt aus, eher wie ein chaotisch mit Gebäuden vollgestopfter Raum, eine Ansammlung von Punkten, die um die Eingänge zur Untergrundbahn strukturiert sind. Natürlich bekümmerte es mich, daß ich etwas anderes sah als alle anderen. Alle sagten immer wieder voller Begeisterung: die Stadt, die Stadt, und hatten offensichtlich eine gemeinsame Vorstellung im Kopf, die mir – der gänzlich Fremden hier – unbegreiflich war. War ich blind für etwas, was sie erblickten, für geheimnisvolle Verbindungen zwischen unordentlich dahingeworfenen Orten, die sich wie unterschiedlich geformte Perlen auf die verhedderten Schnüre der U-Bahnlinien reihten? Die Stadt, die Stadt, sagten sie immer wieder voll Stolz, voll Begeisterung und nahmen damit gemeinsam teil an einem mir unverständlichen Mysterium. Doch auch Neuankömmlinge schlossen sich ihnen darin an, diese waren in der Regel sogar noch begeisterter. Sie erforschten die Stadt auf Landkarten, die sie in Parks ausbreiteten, fuhren mit dem Finger die großen Durchfahrtsstraßen entlang, wanderten durch ausgetrocknete Kanäle, ja sie kauften sogar die bröckelnden Bruchstücke von Bauwerken, die seit etlichen Jahren in Trümmern lagen! Gab es auch solche wie mich? Verloren, doch guten Willens, diesen »Stadt« genannten Traum im Freien in gleich welcher Form zu fassen zu bekommen.

Auf dem Weg zu meiner Schule mußte ich dreimal umsteigen. Unterwegs aß ich belegte Brote. Unterwegs betrachtete ich die anderen Fahrgäste. Verwundert stellte ich fest, daß keiner von ihnen homogen war, eine Ganzheit bildete. Sie hatten alle ein besonderes Merkmal (wahrscheinlich damit ihre Mütter sie nie mit einem anderen verwechselten), und das war alles – der Rest war verschwommen und vage. Der Schwarze-Haut-Mann. Der Schöne-Wimpern-Junge, die Breites-Gesicht-Frau, der Wässrige-Augen-Greis. Sind die Menschen mehr als eine Reihe von Eigenschaften? Ein Ort, durch den die Zeit in verschiedenen leuchtenden Farben fließt?

Wenn jemand das Muster meiner Wanderungen durch die Stadt von oben betrachten könnte, wenn er mir hätte folgen und dieses komplizierte Muster zu Papier bringen können oder mich gar markiert hätte (im Schlaf, damit ich nichts davon merkte) wie einen Vogel, dem man einen Ring um den Fuß legt, um dann auf dem Computer die seltsame Spur zu verfolgen, die ich hinterließ – dann hätte er festgestellt, daß es eine männerlose Spur war. Ich lernte nämlich fast nur Frauen kennen. Wie war das möglich? Wo steckten die Männer in dieser Stadt, warum gab es weniger, so wenige, und wenn ich mal welche traf, schienen sie flüchtig, zerstreut, unfertig, ausflüchtig, als wären sie mit einem schwachen Stift gezeichnet, einem weichen Bleistift. Ich hatte den Verdacht, daß sie womöglich eigene Stadtteile hatten, irgendwo am Rande der Stadt, oder – ja, ja – daß sie überarbeitet in soliden Reihenhäuschen aus roten Ziegeln steckten. Von dort aus lenkten sie wahrscheinlich die Stadt. Ihre tiefen

Stimmen vibrierten, und vielleicht kam das unablässige Raunen der Stadt daher. Vielleicht schickten sie sich an, den nächsten Krieg zu führen? Ich hatte zu Unrecht den Verdacht, die Stadt sei mit unsichtbaren Linien in Frauen- und Männerstadtteile aufgeteilt, mit unsichtbaren Seilen, die eine fliegende Polizei in der Luft angebracht hatte. Das stimmte natürlich nicht. Das Verschwimmen betraf nämlich nicht nur Gesichter, nicht nur einzelne Menschen, sondern auch die Geschlechter. Ich sah Männerballerinen, Männervampire, Männeroperndivas. Sie hingen an den Wänden, hier und da verdeckten ihre Bilder ganze Baustellen. Sie hatten geschminkte Gesichter, Tüllkleider auf den schmalen Hüften, flache Brüste und waren doch fraulicher als die Frauen. Ich schaute sie mir oftmals an und war mir schließlich nicht mehr sicher – vielleicht waren es in Wirklichkeit Frauen, die Männerballerinas darstellten. Vielleicht waren es Ballerinas, die weibliche Männer und männliche Frauen darstellten. Später konnte ich es ein für alle Mal bestätigen – die Stadt war ihrem tiefsten Wesen nach androgyn, mit Leichtigkeit verwischte sie die vulgäre Unterscheidung in zwei paradiesisch unschuldige Geschlechter, eine Unterscheidung, die nur noch von Emporkömmlingen am Rande der Welt gehätschelt wird.

Die Schule befand sich in einem Stadtteil mit einzelnen, weit voneinander liegenden Villen, und in ihrer maßvollen Architektur erinnerte sie mich an meine Heimatstadt. Fröhlich ging ich über die grünen Plätze.

Die Stunden fanden in einem Raum im Tiefparterre statt, aus dem man nur die Baumstämme im Park und die Menschen sehen konnte, die am Fenster vorbeigingen – beziehungsweise deren Beine. Nur Kinder konnten einen Blick zu uns hereinwerfen, wenn wir an den langen polierten Tischen saßen und unter Kornelias wachsamen Augen büffelten.

Kornelia, meine Lehrerin, sprach zwei Sprachen abwechselnd. Ich verstand keine der beiden Sprachen gut, aber sie vermischte sie charmant, um sich zu guter Letzt mit Latein zu helfen. Ich schaute auf ihre grauen Augen, die Bewegung ihrer Lippen (als wäre ich taubstumm), und auf diese Weise konnte ich den Sinn ihrer Ratschläge und Vorträge erraten. Anfangs fürchtete ich, unser beider Vorstellungen – ihre und meine – könnten sich verfehlen wie zwei Parallelen, die sich angeblich irgendwo in der Unendlichkeit schneiden, ohne sich vorher zu berühren, ohne sich nacheinander zu sehnen.

Ich wußte nie, was Kornelia uns diesmal beibringen würde. Das nämlich war das Grundprinzip ihres Systems – zu überraschen, damit sich etwas noch stärker dem Gedächtnis einprägte. Tatsache ist, daß sie uns ganz am Anfang ein Lied über einen kleinen Trommler beibrachte:

Es sagt der kleine Trommler uns
in der kalten Winternacht:
was ich euch hier bringen kann
ist weder Gold' noch Steine Pracht
sondern nur mein Lied,
taram taram tamtam

Ein anderes Mal schrieb sie unregelmäßige Verbkonjugationen in der fremden Sprache an die Tafel. Eine der ersten Lektionen gab mir viel zu denken. Wir bekamen einen faustgroßen Klumpen Ton in die Hand, sie verband uns die Augen mit unseren Schals und sagte uns, wir sollten aus dem Ton etwas Schönes kneten, etwas, das unserem Herzen ganz nahe stand. Ich wollte ein Tier machen – in der Stadt vermißte ich die Tiere so sehr –, einen kleinen Hirsch oder zumindest einen Hund. Als mir der Schal von den Augen genommen wurde, sah ich, daß ich ein fremdes Gesicht geknetet hatte.

Gesichter waren es, die die Stadt beherrschten. Allmählich entdeckte ich (und das war vielleicht Kornelias Absicht gewesen), daß die Stadt nicht aus Gebäuden und Querstraßen besteht und auch nicht aus U-Bahneingängen, sondern aus einer langen Reihe von Gesichtern, die ineinander übergehen, eines ins andere, wie in diesen Computersimulationen. Die Stadt besteht aus Gesichtern, vermischt und über die

Stadtteile verstreut, doch manchmal fügen die Umstände es so, daß sie sich einen Augenblick lang ineinander spiegeln, zum Beispiel auf der Rolltreppe – ein Gesicht bewegt sich nach unten, das andere nach oben – oder in Zügen, deren Weg sich kreuzt – das eine fährt nach links, das andere nach rechts – oder in den Glasscheiben einer Drehtür – das eine nach vorn und das andere nach hinten.

Die Kontinuität der Gesichter, das ist etwas Faszinierendes, denn alle gleichen sie einander. Es wäre interessant, zu wissen, ob diese Gesetzmäßigkeit wie ein Gaussche Kurve aussah, ob ihr Verlauf monoton gleichmäßig war oder ob sie sich mit einer einfachen mathematischen Formel erfassen ließe, die überzeugender wäre als jede Literatur.

Kornelia wies uns oft auf die Allgegenwärtigkeit von Ähnlichkeiten hin. Alles ähnelt einander, es ist nur eine Frage der Perspektive. Ähnlichkeiten verknüpfen die Dinge meisterhaft zu einem Netz, das die komplizierte Frisur der Welt behutsam in Ordnung hält.

Man könnte meinen, sagte Korynna, unsere Erfahrung füge sich zu einem allgemein anerkannten Muster von Ursachen und Folgen, die nacheinander eintreten und die Wirklichkeit mit einer dem Auge gefälligen, harmonischen Kette umgeben. Nichts ist irreführender als das, sagte sie mit erhobenen Zeigefinger. Die Vorstellung von Ursache und Folge ist nur eine Hilfe für den Verstand, metaphorisch gesagt: Sie sind eine Rolltreppe, die uns zwar irgendwie nach oben befördert, aber die Anstrengung des Auftretens auf die Stufen nimmt. Schritte, Auftreten. Ist die Bewegung mit dem linken Bein der Grund für den Schritt mit dem rechten Bein? Ist der Schritt mit dem rechten Bein eine Folge des Schritts mit dem linken Bein? fragte sie. Natürlich nicht, gab sie sich selbst die Antwort. Schritte existieren deshalb zusammen und bilden den Gang, weil sie einander gleichen. Ähnlichkeiten ziehen einander an. So ähnlich wie die Gegensätze. Aber ein Gegensatz ist ja nur eine umgekehrte Gleichheit. Oder nicht?

Wir wußten nicht, was wir darauf antworten sollten.

Sie hatte uns alle in ihr Heft eingetragen. Vor- und Familiennamen. Alter. Augenfarbe. Sie wußte, wo wir Erfolg gehabt und wo wir versagt hatten. Sie ging nach diesem Heft vor, wenn sie uns zu einer Antwort aufrief. Corinne, je suis fatiguée, I am tired, ich bin müde, sagte ich. Mir geht es nicht gut, ich gehe nach Hause. Ich bin heute nicht ganz bei mir. In einer solchen Situation brachte sie es fertig, mir ein elektronisches Thermometer an die Stirn zu halten, dann stellte sie mit Genugtuung fest, daß ich kein Fieber hatte. Danach blickte sie mir forschend in die Augen (ihre waren grau, meine undefinierbar) und sagte zum wiederholten Mal: Man muß jemand sein, da hilft nichts. Man ist immer jemand Bestimmtes, so anstrengend das auch sein mag. Selbst das Fehlen einer Eigenschaft ist eine Eigenschaft. Selbst ohne Kleidung bist du einfach Nackt-du. Selbst bewußtlos bist du Ohne-Bewußtsein-du, nicht einmal der Tod befreit dich von dir selbst, denn dann wirst du Tot-du sein.

Unfug, dachte ich, wenn ich in der U-Bahn saß und mich probehalber in den Riesenbauten auflöste, die an den Fenstern vorbeizogen, es gibt einen Ausweg – man kann sich einfach ignorieren, die eigene Wiederholbarkeit und Vorhersehbarkeit ignorieren, die entscheidenden Punkte aus dem Innen nach außen bringen, außerhalb seiner selbst, in die Welt, den Park, sich dem Zufall überlassen. Das wäre eine schwere Arbeit – man müßte aufhören, alles auf sich zu beziehen, einfache Reaktionen vermeiden, sich so behandeln, als wäre man ein Objekt unter anderen Objekten. Auf die Gültigkeit der eigenen Meinung verzichten, zufällige Urteile aussprechen, die einem in den Kopf kommen wie der Speichel auf die Zunge, weder gute noch schlechte Angewohnheiten haben, immer sagen: »Ich weiß nicht, ich weiß nicht, ich habe keine Meinung.«

Woher kam dieser seltsame Wunsch? Ich hatte den Verdacht, daß die Stadt daran schuld war. In der Wissenschaft ist der Zusammenhang zwischen Mensch und Ort ja bekannt sowie die Tatsache, daß Städte

Menschen beeinflussen. Paris zum Beispiel frivolisiert uns und macht uns raffinierter. New York hingegen macht uns konkreter und stellt uns auf den Boden der Tatsachen. So heißt es. Aber diese Stadt war selbst irgendwie grenzenlos, unentschieden, wechselhaft. Sie floß. Sie schwamm durch mich hindurch wie ein Vergnügungsdampfer. Sie hatte keine Eigenschaften, deshalb war sie so anziehend. Sie fing uns alle in ihren Netzen. Weil sie unbestimmt war, verhieß sie die Erfüllung jedes auch noch so seltsamen Wunsches; weil sie so konturenlos war, lockte sie mit der Verwirklichung jeder ersonnenen Möglichkeit, weil sie weder Zentrum noch Peripherie hatte, konnte sie uns frei und alle gleich machen.

Ich hatte Kornelias Spitzfindigkeiten oft satt, immer häufiger fehlte ich oder kam zu spät. Von Kindheit an hatte ich Schwierigkeiten mit der Zeit – sie entschlüpfte mir und machte mir Angst. Eines Tages wurde die Zeit zum Schmerz, als ich mir in einem kurzen Augenblick plötzlich klar darüber wurde, was »jetzt« heißt. Daß »jetzt« nämlich »nie wieder« heißt. »Jetzt« heißt, daß das, was ist, in genau demselben Moment aufhört zu existieren, zerbröckelt wie eine morsche Treppenstufe. Es ist ein furchtbarer, erschrekkender Begriff, der die ganze grausame Wahrheit enthüllt.

Ich war damals ein paar Jahre alt und aß eine Tomate vor unserem Haus. Es war ein Nachmittag, der schon in den schattigen Dämmer des Parkes entglitt, um sich schließlich in Millionen kleine Teile aufzulösen. Unwiederbringlich. »Jetzt« – das war Schnee von gestern, ein Krähenruf, die Grausamkeit des Aprils. Der Flieder, der vor unserem Haus im Hundepark erblüht war – wieder war es mir nicht gelungen, die Fülle seiner Blüte zu erleben, denn wenn sich die kleinen lilafarbenen Blüten öffneten, begann im gleichen Moment das Verwelken. Die Sonnenfinsternis vor zwei Jahren war auch wie das Blühen des Flieders gewesen – die dunkle Scheibe des Mondes konnte nur »jetzt, jetzt« da sein oder »gerade vorüber«. Der Augenblick der Erfüllung war nur der Übergang von einem Zustand in den anderen, eine abstrakte, mathematisch errechnete Verfälschung. Es war eine soziale Konvention, Etikette, Annäherung, ein Pop-Faktum, geschaffen für den geistigen Frieden und die allgemeine Ordnung.

Ich vertraute mich Kora mit diesen Zweifeln an. Warum sollten wir nicht nur in der Vergangenheit oder Zukunft über uns reden? Entsprach das nicht der Wahrheit, war das nicht in jeder Hinsicht ehrlich und anständig, wenn wir schon reden mußten? Aber sie hatte ihre Ansichten zu diesem Thema, sehr bestimmte, so war sie eben. Sie sagte, das sei das größte Privileg des Menschen – das Jetzt zu besitzen, nur wir könnten das haben. Deshalb habe man die Sprache ersonnen – um die Übertragung von Ereignissen aus der Vergangenheit in die Zukunft zu kontrollieren und damit Macht über die Zeit zu haben, um die Zeit anzuhalten, und sei es auch nur für den kurzen Augenblick, in dem man in der vollen Bedeutung sagen kann: »Ich bin.« Das »Jetzt« zu haben, das heißt, das Bewußtsein der eigenen Existenz zu haben, es heißt, im unbeweglichen Auge des Sturms zu sein, dort zu stehen und die wirbelnden Ereignisse zu betrachten, ihre kreisförmige, immer und immer wiederkehrende Ordnung. Sie sagte auch, dieses besondere Wissen müsse man bitter bezahlen – denn wenn man im Epizentrum stehe, höre man auf, sich selbst zu sehen, man verschwinde für die eigenen Augen.

Das war, glaube ich, unser letztes Gespräch – ich verschwand auch für ihre Augen. Ich schwänzte. Morgens früh machte ich mich auf und hatte ein Ziel im Kopf, das ich anstrebte, aber schon nach wenigen Querstraßen hatte ich vergessen, wohin ich ging. Frauenbeine in phantastisch bunten Strumpfhosen brachten mich von meinem Weg ab, Hunde, die den Zebrastreifen überquerten, um auf die nächste Grünfläche zu kommen, Zwillingskinderwagen, die Feuerwehr, die sich mühsam einen Weg durch den Straßenverkehr bahnte, ein Clochard, der mit seinen Flaschen klirrte. Und wenn ich am Abend nach Hause zurückkehrte, rief mich am Hundeplatz schon das vertraute Trommeln. Meine Nachbarn wachten.

Eines Abends, als es völlig dunkel war, zog ich mich schwarz an, um noch weniger aufzufallen, und ging in den Hof hinunter. Dort saßen sie im Kreis um ein Faß, in dem irgendwelche Abfälle verbrannten. Die meisten sprachen mit halblauter Stimme, andere tranken Bier und schoben die leeren Dosen irgendwo in die Dunkelheit hinter sich. Ein paar schlugen mit den flachen Händen auf die gespannte Haut der Trommeln. Wenn sie müde wurden, traten sofort andere an ihre Stelle, deshalb änderte sich der Rhythmus unentwegt, die Trommeln suchten einander in der Dunkelheit. Je mehr die Zeit mit Dunkelheit durchtränkt war, desto mehr Hände schlossen sich dem Trommeln an und um so deutlicher wurde der Rhythmus. Es waren auch kleine Trommeln da, die leicht auf den Knien Platz fanden oder sogar auf der flachen Hand, und diese brachen den Rhythmus besonders häufig und forderten Aufmerksamkeit wie besonders aufgeweckte Kinder, wie Spatzen. In jener Nacht hatte ich noch den Mut zu trommeln. Ich saß am Ende einer langen Bank, wahrscheinlich kaum sichtbar im Dunkel, wahrscheinlich zeichnete sich in der Finsternis nur mein Gesicht ab, ein weißer Fleck, der erschien und verschwand, je nachdem, wie die Flammen des

Feuers darauf fielen. In einem Augenblick der Ruhe, als ein einziger Rhythmus die Stellung hielt, erzählte ich ihnen von Żiżec, darüber, daß in der Gegend, aus der ich kam, vor langer Zeit ein Verrückter der ganzen Welt den Krieg erklärt hatte. Es gelang ihm sogar, eine ziemlich große Armee zusammenzubekommen, doch schließlich erwischten ihn seine Feinde und brachten ihn um. Vor seinem Tod aber hatte er verfügt, daß im Falle seines Todes seine Haut zu einer Trommel verarbeitet werden sollte, mit deren Klang die Verbliebenen zum Kampf aufgestachelt werden sollten. Pumm ... pumm ... pumm – erklangen leise die einzelnen Schläge. Man schaute mich erwartungsvoll an. Meine kleine Geschichte war zu etwas Greifbarem geworden, es kam mir vor, als liege sie vor ihnen wie ein Geschenk. Gegen Morgen brachte jemand eine kleine Trommel. Ein Mädchen in Minirock und Netzstrümpfen hing sie mir um den Hals und zeigte mir, wie man im Takt darauf schlägt. Von da an ging ich fast jeden Abend zu ihnen, und sie nannten mich Żiżka.

Dieses Mädchen hieß Karla. Tagsüber sah man sie fast immer mit einem Kind an der Brust oder in einem bunten Tragetuch auf dem Rücken. Sie zeigte gern ihre langen schlanken Beine, deshalb der Minirock, hohe geschnürte Lederstiefel, enge Lederjacken. Aber später sah ich sie auch anders, dann hatte sie einen ganzen Schwung bunter Zöpfchen an ihren kurzgeschnittenen Haaren befestigt, und in ein orangefarbenes Kleid gehüllt, zog sie die Straße entlang, in Richtung Hundeplatz und noch weiter, um sich schließlich draußen an einem Kaffeehaustisch niederzulassen, wo sie lässig mit Leuten redete, die so waren wie sie, und die Unterhaltung nicht einmal unterbrach, wenn sie ihr Kind stillte.

Manchmal setzte ich mich auch zu ihr. Ich bestellte einen Milchkaffee oder einen Weißwein. Träge betrachteten wir die zarten Autos, die erschrocken vor den besinnungslos hetzenden Fußgängern zur Seite wichen.

Karolina, die rassige Trommlerin, behauptete, man müsse mit dem Trommelspiel sehr aufpassen. Bei Anfängern zeige sich oft etwas wie eine Trance, das liege daran, daß man so von dem Rhythmus durchdrungen werde. Ein Teil des Bewußtseins lasse sich vom Rhythmus einschläfern, und dann sei man nicht ganz anwesend. Sie zeigte mir auch eine Methode, wie man sich wieder zum Aufwachen bringen konnte, wie man sich bewußt machen konnte, ob man träumte oder wachte. Man mußte sich auf die Handflächen schauen. Das bringt dich zu dir selbst zurück, sagte sie, dann weißt du, daß du da bist.

Sobald ich nun früh am Morgen beim Schlagen einer Trommel nicht mehr bei mir war oder tagsüber, wenn ich das Trommeln unter meinem Fenster hörte, wenn ich in den Trommelklang verfiel oder das Trommeln meine anderen Tätigkeiten durchdrang oder mich plötzlich beim Essen erwischte, legte ich das Besteck beiseite, wischte mir den Mund mit der Serviette ab und schaute auf meine Handflächen.

Karla behauptete auch, man könne nie sicher sein, ob man schlafe oder wache. Sie sagte, die gewöhnliche, allgemein anerkannte Zäsur sei das Schlafen und Erwachen. Das ist eine sehr einfache Theorie – alles, was mir während des Schlafes widerfährt, ist Traum, während das, was sich während der täglichen Tätigkeiten ereignet, Erscheinen ist. Erscheinen – sie war die erste, die dieses Verb in einem so seltsamen Zusammenhang benutzte. Es gefiel mir nicht. Erscheinen ist etwas, was nicht wirklich geschieht. Wenn ich sage »es erscheint mir«, dann klingt es, als wäre ich nicht ganz sicher, daß es wirklich da ist, daß es mir nur so vorkommt. Es muß noch ein anderes Wort geben, das den Gegensatz zu Träumen beschreibt.

In diesem Herbst spürte man die Veränderungen, die sich allenthalben einstellten. Man sah es mit bloßem Auge. Spitze Schuhe verdrängten die mit eckigen Kappen, Violett kämpfte mit Khaki, und Schwarz überschwemmte die Auslagen der Geschäfte, verdrängte das hysterische Rot in die Straßen am Stadtrand.

Ich ging jetzt fast jeden Abend zu ihnen hinunter. Wenn ich meine langweiligen Pflichten erledigt hatte, dieses Sitzen zwischen Papieren, das Umschichten der Papiere von der einen auf die andere Seite, die Notizen, die ich mir machte, das Formulieren von Sätzen und ganzen Absätzen über irgendwelche unwichtigen Dinge, dann nahm ich eine Dose Bier aus dem Kühlschrank oder eine Schachtel mit Keksen und ging hinaus.

Es waren fast nie dieselben Leute. Jemand Neues kam hinzu, jemand war gegangen. Die Flammen des Feuers, das in dem Metallfaß brannte, veränderten die Gesichtszüge. Auch die Trommeln wechselten. Am liebsten mochte ich es, wenn der alte abgenutzte Rommelpot erschien – so hieß er nämlich. Es war eine hohe, würdevolle Trommel, mit einem Loch in der Membran, durch das eine Schnur gezogen war. Die Trommel redete, erzählte stundenlang, klagte und sang. Das war der König, und nicht die große türkische Trommel, die zwei Jungen herbeitragen mußten und dann mit weichen Klöppeln von beiden Seiten schlugen. Für den Rommelpot stand man Schlange, jeder wollte sich in dem rhythmischen Reiben verlieren, das heiser und sinnlich war; gegen Morgen waren die Hände kraftlos, Schweiß rann in die Augen, der Körper wurde schwach, aber irgendwie hatte man es nie satt. Nie bekam man genug davon.

Ein schönes dunkelhäutiges Mädchen brachte einen indischen Damarn mit zwei kleinen Kugeln, die mit Riemen an beiden Seiten befestigt waren. Wenn man die Hand über die Trommel kreisen ließ, schlugen die Kugeln an die gespannten Membrane und erzeugten einen unruhigen, nervösen Rhythmus, der wie die Ankündigung eines Donners klang, ein Donner, der noch bevorsteht, der schon am Horizont droht, sich schon sammelt, um sich bald grollend wie Hagel über unsere Körper zu ergießen. Das Mädchen ließ den Damarn herumgehen, und jeder wollte an dieser Prophezeiung eines reinigenden Gewitters teilhaben. Auch eine kleine tibetische Trommel, die einer Kinderklapper ähnelte, warnte und machte jeden gereizt. Ihr monotones Klacken war wie ein Trauerpsalm, wie eine Klage. Immer tauchte jemand auf, der nicht ganz nüchtern war und voller Begeisterung nach dem Tamburin griff, dem sichersten Instrument, das am besten bekannt war. Das war ihm gestattet. Sollte er ruhig meinen, er sei wieder im Kindergarten. Er schlug dann mit der Faust auf die Membran, bis die blechernen Rädchen schepperten, bis dieser metallische Klang nicht mehr zu ertragen war. Und wenn das betrunkene Tamburin uns zur Besinnung kommen ließ, schloß sich ihm natürlich die Blechtrommel an, sein militarisierter Verwandter, und es wurde bedrohlich – die Blechtrommel sagte, das nahende Donnergrollen sei in Wirklichkeit der Höhepunkt des Kampfes, den man jeden Tag aufs neue führen müsse und dem man nicht aus dem Weg gehen könne. Es entstand ein Lärm, der nicht auszuhalten war, und alle anderen mischten sich ein: das afrikanische Dundun, das röchelnde Idiophon, das sich wie menschliches Reden anhört, das nur von Frauen gespielte Tympanon, etliche doppelte Nakkars, einzelne selbstgemachte Trommeln, die aus dem angefertigt waren, was gerade zur Hand gewesen war, Kindertrommeln aus dem Spielzeugladen, aber auch die raffinierten exotischen Mu Jü in Fischform. Und dann erst entstand eine wahre Symphonie der Erfüllung, die Rhythmen überlagerten einander, echoten, liefen auseinander. Sie öffneten Zyklen, schufen Asymmetrien, die sie aber sogleich ausbalancierten und schlossen. Jeder von uns war seine eigene ruhelose vibrierende Bewegung und trank den Rhythmus von außen auf wie etwas, das wichtiger war als das jämmerliche Piepsen unseres Ich. Der Rhythmus ergoß sich über uns, vernichtete uns, damit wir für das herannahende Donnern bereit waren. Und als es endlich eintrat, gaben wir uns ungläubig hin, mit zusammengekniffenen Augen, wie einem Regenguß.

Dann verstummte alles. Nur der kleine Ton einer Kindertrommel blieb, der die Zeit symmetrisch wie eine Uhr ordnete – tick-tack, tick-tack. Der Rhythmus schuf uns wieder neu. Dies vollzog sich mehrere Male im Laufe der Nacht. Die Musik schwoll an und verstummte. Am Morgen blieb nur noch ein Wächter, der dafür sorgte, daß das Trommeln nicht abriß.

Das war das einzig Dauerhafte, das mir in der Stadt begegnete. Vielleicht lag es überhaupt an diesem Trommeln, daß die Stadt gebändigt blieb, ohne selbst zu wissen, wem sie das zu verdanken hatte.

Ich freundete mich mit Karen an und saß immer weniger über meinen Papieren, dafür ging ich jetzt fast jeden Tag hinunter in die Squats, zu ihrer Bude. Wir schauten zusammen fern, ich paßte auf ihr Kind auf, wenn sie ausging. Ich band mir ein Tuch um den Bauch und ging in die anderen Buden, saß auf alten Sofas und schaute schweigend mit den Leuten dort fern. Sie hatten sechs Fernseher (einer stand draußen, unter einem Baum, ein großer schwarzer in die Erde gerammter Schirm schützte ihn vor Regen), und in jedem lief etwas anderes. Deshalb hatte man die ganze Welt im Blick, wenn man von einem zum anderen ging. Kriege, kosmetische Operationen auf den Bermudas, wilde Tiere in der Savanne, menschlicher Sex, Militärparaden in Nordkorea, endlose Modenschauen. Ich wurde oft für Karen gehalten, besonders, wenn ich ihr Kind bei mir hatte. Ich wandte nichts dagegen ein. Wir saßen ganze Nachmittage auf einer Bank im Hundepark und betrachteten die Frauen in

Tschadors, eingehüllt von Kopf bis Fuß, oder die bärtigen Alten mit ihren gehäkelten Kappen.

Kannst du das – nicht denken? fragte sie mich einmal. Klar, sagte ich. Ich saß zurückgelehnt auf der Bank, die Augen auf meine Schuhspitzen geheftet, und vertiefte mich ins Dickicht meiner eigenen Gedanken. Einige Gedanken waren kraftvoll und elastisch, andere schwach und flüchtig, sie bildeten Ketten und ballten sich zusammen, gingen ineinander über, rollten sich an den Enden zusammen wie Brezeln, wie die schwarzen Süßigkeiten aus Lakritz, dann erstarrten sie, voll emporsprudelnder Bläschen. Wir sind ein trügerischer Strom von Bildern, sagte Karina oft in einer Art Rausch, insbesondere dann, wenn es ihr gelungen war, jemandem ihr Kind aufzuhalsen und sich ruhig einen Joint zu drehen. Es gibt keine festen, festgelegten Punkte, es gibt keine Richtungen, es gibt nur einen unentwegten Fluß, Verharren und gleichzeitiges Verschwinden. Wollte man also eine Reise ins Innere eines jeden Augenblicks unternehmen, würde sich zeigen, daß das, was wir als grundlegende Bausteine unserer Existenz betrachten, eine leere Stelle zwischen dem »schon gewesen« und »erst werden« ist. Die Welt besteht aus Leeren, und leider gibt es keine Worte, um das zum Ausdruck zu bringen. Und das, was wir für wirklich halten, uns selbst eingeschlossen, ist ein vorübergehender Paroxysmus der Welt, eine Störung in der Vollkommenheit des Nichtseins. Und weiter? fragte ich nach, denn ich hatte die Angewohnheit, an der Zigarette zu ziehen und den Rauch lange in hübschen Ringen auszublasen. Nichts, sagte sie nach einer Weile. Uns bleibt nichts anderes übrig, als uns so zu verhalten, als ob alles wirklich existierte, so wie es unser Körper erfahren will, der gleichermaßen unreal und das Nichts ungewohnt ist. So zu leben, als sei es eine verbindliche Wahrheit, was wir einen Augenblick zuvor noch in Zweifel gezogen hatten. Sich den Sinnen fügen und dem, was sie sagen. Das als absolutes Recht zu behandeln. Philosophische Lehren aus Sèvres bei Paris. Sich jeden Morgen das Nichts von den Lidern streichen und in den vibrierenden Strom der Illusionen eintauchen. Sich tragen lassen und zu einer bunten Luftspiegelung werden. Aber die Wahrheit in Erinnerung behalten.

Ich betrachtete meine Handflächen.

Zuerst kaufte ich eine Mütze mit schwarzen Zöpfen daran. Das machte meine Augen dunkler. Als ich sie zum ersten Mal vor dem Spiegel anprobierte, sah ich, wie mich eine gewisse Mädchenhaftigkeit ankroch. Ich zog dazu weite, auf den Hüften sitzende Hosen und schwere Schuhe an, dann machte ich mich mit dem Fahrrad auf in die unstete Stadt. Und tatsächlich war ich auch dieses mädchenhafte Wesen, denn so sahen mich die anderen. So spiegelte ich mich in den Gesichtern anderer Menschen, und je mehr ich dieses Wesen für sie war, um so mehr wurde ich es auch für mich. Ich rauchte keine Zigaretten mehr, die Blätter auf meinem Schreibtisch und die wichtigen Rubriken interessierten mich nicht mehr. Es zog mich an belebte Stellen, erfüllt von lauter Musik, voll von meinesgleichen – Mengen vor der Diskothek, am parkartigen Ufer des Stadtsees, in Internetcafés, wo ich entzückt Seiten über Mode und Britney Spears öffnete. Meine Stimme wurde höher, schriller, meine Haut glatter, sie nahm leichter den Geruch von Wind und Wasser an. Ich traf andere, die so waren wie ich, und unterhielt mich mit ihnen eine Zeitlang, seicht und durchsichtig. Ich verabredete mich mit ihnen für den nächsten Abend, war aber nie sicher, ob ich auch dort auftauchen würde.

Wie erholsam ist es, auch nur für kurze Zeit jemand anders zu sein. In der Stadt war es nicht schwer, die Stadt ist reich an Läden und Geschäften aller Art, in jedem Stil und jeder Farbe. Und es gibt die Secondhandläden, wo man seine Verkleidung hinbringt, damit andere davon profitieren können. Es gibt Schminke und falsche Haare, Lacke und Farben, Tätowierhöhlen und dunkle, behagliche Sprechzimmer von Therapeuten. Es reicht nicht, sich zu verkleiden, die Haarfarbe zu ändern oder einen silbernen Ring durch Nase und Lippen zu ziehen. Man muß sich auch selbst außer acht lassen. Als niemand einschlafen und als niemand aufwachen. Es gibt unendlich lange Pfade anderer Menschen, die sich kreuzen, und was sollte uns davon abhalten, uns entsprechend zu verwandeln? Man geht als A aus dem Haus und kehrt als B in ein anderes Haus zurück.

Aus billigem Stoff vom türkischen Markt machte ich mir ein bodenlanges Kleid und aus dem Rest einen richtigen Tschador. Mit Henna färbte ich mir die Augenbrauen dunkel. Ich fuhr mit der Metro in einen exotischen Stadtteil und mischte mich unter die Menge. Betastete reife Melonen. Senkte die Augen, wenn ich dem Blick der schnurrbärtigen Männer begegnete. Schloß mich Familien mit vielen Kindern an und schritt hinter ihnen her wie eine nicht besonders wichtige entfernte Verwandte. Ich schob mich bis an die Türen zu ihren Wohnungen in den Wohnblocks. Manchmal folgte ich ihnen unbemerkt hinein, setzte mich aufs Sofa und trank einen süßen starken Tee aus kleinen Gläsern, dann brachte ich Handarbeiten zu Ende, die auf dem Tisch bereitlagen – Kindersocken, eine gehäkelte Kappe, einen aufwendigen Spitzensaum um ein Taschentuch. Ich fing sogar schon an, etwas in ihrer schwierigen Sprache zu stammeln, half dabei, süße Nüsse aus der Küche ins Zimmer zu bringen, und machte mich daran, aus Grießbrei Kugeln zu formen, die in Sirup getränkt werden. Doch gegen Abend wurde es mir eng und stickig, etwas trieb mich hinaus, also verwandelte ich mich für ein paar Stunden in einen Jungen mit Baseballkappe und kariertem Hemd, der sich zu guter Letzt da einfand, wo die anderen auch waren, und mit einem Klöppel mit Filzkopf auf die türkische Trommel schlug.

Das war nicht schwer. Sich so zu verwandeln. Ich zog die verschiedenen Gestalten aus mir heraus wie Kaninchen aus einem Zylinder. Ich schuf sie nicht, ich verstellte mich nie.

Samstags wurde ich zu einer alten, ungewaschenen Stadtstreicherin, die auf der Suche nach schartigen Tassen und geborstenen Spiegeln die Flohmärkte durchstreift. Es gefiel mir, wie die anderen Leute dann auf Abstand zu mir gingen. Nie hatte ich so viel Platz wie damals.

Einmal im Monat stieg ich in einem Hotel ab. Ich spielte den ausländischen Geschäftsmann. Ich füllte die Aschenbecher mit Zigarettenkippen und sah mir im Fernsehen den Dollarkurs an. Im Badezimmer hinterließ ich den Geruch von Eau de Cologne und Spuren von Rasierschaum. Ein Trinkgeld für das Zimmermädchen – immer eine Spur mehr als üblich, damit der, den es nicht gab, im Gedächtnis blieb.

Es ermüdete mich nicht. Niemals. Im Grunde mußte ich mich für diese Verwandlungen überhaupt nicht anstrengen, ich tat nicht so als ob, spielte nicht, es war kein Theater. Die ganze Arbeit leisteten die anderen. Denn es ging ja gar nicht um mich, die Anstrengung hatte ja nichts mit meinem Sein zu tun, sondern nur damit, wie andere mich wahrnahmen – darin steckte immer das ganze Geheimnis. Wahrscheinlich war das der Grund, weshalb es mich, kaum daß ich diese Entdeckung gemacht hatte, in die großen Geschäfte zog, in die riesigen Warenhäuser, die rings um die Rolltreppen gebaut sind, auf denen man hin und her, nach oben und unten fahren kann. Andere waren sicher auch schon auf diese Idee gekommen – daß man sich an solchen Orten nicht nur vor anderen verstecken kann, sondern auch vor sich selbst, vor dem Kreisen um sich selbst und dem mühseligen Zusammensetzen des Selbst aus einzelnen Erkenntnissen wie aus Legosteinen.

So streifte ich also wie alle diese Brüder und Schwestern im Chaos, diese Kumpane im Erscheinen, diese Mitbeteiligten am Spiel, zwischen erleuchteten, glänzenden Ständen voller Uhren, Taschen, Strümpfe, Parfüms, französischen Extrakten und modischen Pantoffeln. Ich streifte – kaum mehr als ein armseliges Anhängsel an den eigenen Blick. Ich legte die Wege zwischen den duftenden Ständen zurück, ging gleichgültig an den schönen Verkäuferinnen mit den zarten Fingern vorbei, die filigrane Melodien auf der Tastatur der Kassen spielten. Ich irrte durch die Labyrinthe der aufgehängten Kleider – sie sahen aus wie vorübergehend ihres Lebens beraubte Gestalten, die in den Warteräumen der Magazine schlafen, bis sie kraft eines unbewußten Körpers, der sie manchmal aufsucht, echte, lebendige Menschen werden. Unermüdlich wanderte ich zwischen Auslagen von Porzellan, Glas, silbrig glänzendem Besteck, Stapeln weicher Handtücher und Decken umher, bewegte mich über die Treppen nach unten, immer im Strom der anderen, um im untersten Stockwerk, wo die Bars und Bistros sind, bei einem Kaffee auszuruhen und danach wieder fleißig hinaufzusteigen, wo ich mich wieder verwischen, verwässern, verdunkeln, verblassen, verreiben und verwaschen lassen würde.

Tapfer ging ich, mit großen Schritten, und spiegelte mich vielfach in den riesigen Fensterscheiben. Wir waren zu vielen, Tausenden, vielleicht Millionen. An den Eingängen zur Untergrundbahn saßen bunte Leute und schlugen Trommeln.

Perücken, angeheftete Haarsträhnen in Neonfarben, Tschadors, aber auch natürlich ergrautes Haar, das Ernsthaftigkeit verleiht, die erfahrene Sanftheit aus dem Gesicht destilliert – manchmal aber war ich auch eine nichtssagende Frau, die tagelang über dem Tisch voller Blätter sitzt und zuweilen telefoniert. Wenn sie abends vor dem Badezimmerspiegel stand und mit einem Wattebausch die Reste des Make-ups wegwischte, entdeckte sie verwundert, daß unter der dünnen Haut etwas Festes, Vertrauenerweckendes war – der Schädel. Mit diesem Gedanken ging sie schlafen.

Diese Frau kam manchmal mit Klaras Kind zu uns. Sie setzte sich zu uns auf die Bank. Sie erzählte eine verrückte Geschichte von einem Menschen, der befahl, aus seiner Haut eine Trommel anzufertigen, aber keiner von uns weiß mehr, wie er hieß.

Die Glyzinie

Von unten hörte ich jeden einzelnen Schritt, den sie machten. Seit sie geheiratet hatte, war das meine Beschäftigung – ich lauschte, verfolgte ihre Wege, zählte ihre Schritte und errichtete auf diesen Beobachtungen ein kompliziertes Gebäude von Bildern. Von der Küche ins Wohnzimmer, dann ins Badezimmer, wieder in die Küche, wieder ins Wohnzimmer, Schlafzimmer, das Quietschen des großen Bettes, ein Erbstück meiner Mutter, ihrer Großmutter, zwei Meter breit, mit einer immer noch federnden Matratze. Natürlich erkannte ich ihre Schritte (schneller und leichter) und seine (manchmal schlurfte er, als hätte sie ihm zu große Pantoffeln gekauft). Die Schritte gingen auseinander und fanden zueinander, trafen sich und gingen aneinander vorbei. Ich schloß sogar die Fenster, um sie besser hören zu können, mich störte das laute Klingeln der Straßenbahnen, hier in der Nähe ist das Depot. Wir wohnen am Stadtrand in einem alten, ordentlichen Villenvorort, inmitten von begrünten Vorkriegshäusern, wie auch dieses hier. Ein kühles Treppenhaus,

Parterre und erster Stock. Ich bin im Parterre, den ersten Stock habe ich ihnen überlassen.

An der Treppe zum Eingang wächst eine riesige Glyzinie, eine schöne, aber ausladende Pflanze. Sie blüht jeden Sommer, und die länglichen Blütendolden hängen wie Zitzen herunter. Jeder Trieb wächst jährlich um einen Meter, man muß daran denken, im Sommer die Fenster und die Balkontür nicht offen zu lassen – die Triebe drängen sich ins Haus, suchen größere Lücken in der unruhigen Struktur der Gardinen, und es kommt mir vor, als wollten sie an die Möbel, sich auf den Stühlen am Tisch niederlassen. ... ach, ich würde der Pflanze Tee in meinen besten Tassen anbieten, sie mit öligen türkischen Kuchen bewirten.

Doch ich setzte mich allein zum Tee, wandte den Blick zur Decke und malte mir aus ihren Schritten ihr ganzes Leben aus. Langweilig, einförmig. Meine Tochter konnte ihm keine Zerstreuung bieten. Wenn lange Zeit Stille herrschte, wenn keine Bewegung war, hieß das, daß sie fernsahen – sie saßen auf dem Sofa. Seine Hand auf ihrer Schulter, Schenkel an Schenkel, auf dem Tischchen ein Glas Bier, neben ihr ein Orangensaft, die aufgeschlagene Fernsehzeitung. Sie feilte sich wahrscheinlich die Nägel (sie hatte immer einen Tick mit ihren Fingernägeln gehabt), und er las. Stille in der Küche – das hieß, sie waren beim Essen. Höchstens das Scharren eines zurückgeschobenen Stuhls, wenn einer von ihnen aufstand, um Salz zu holen. Wasserrauschen im Badezimmer – einer von ihnen wusch sich. Ich lernte zu unterscheiden, wer wann im Badezimmer war, sie badete schnell, er hingegen stand viel länger unter der Dusche, als nötig schien. Was mochte er dort tun, zerbrechlich und auflösbar wie ein Stück Seife unter dem heißen Wasserstrahl? Scheuerte er sich den Rücken? Wusch er sich die Haare? Meditierte er reglos über den Weg der Tropfen auf seinem nackten Körper? Dann Stille, das Wasserrauschen hörte auf, wahrscheinlich stand er vor dem Spiegel und rasierte sich. Ich lernte, es genau vor mir zu sehen – er verteilte die Creme auf seinem schönen Gesicht, dann fuhr er sorgfältig mit der Rasierklinge darüber, bis die Haut glatt und frisch war. Das Handtuch um die Hüften geschlungen, barfuß, mit Wassertropfen auf dem Rücken, war er regeneriert. Dann stellte ich mir vor, daß ich mich einen Augenblick lang von hinten an ihn schmiegte, daß ich körperlos wäre, daß ich ihn fühlte und er mich nicht. Er ist unschuldig, doch ich greife nach seinen Lenden. Nachdem er sich rasiert hatte, kam sie immer ins Badezimmer, cremte ihn zärtlich ein, bestimmt forderte sie ihn dann auch heraus und steckte die Hand unter sein Handtuch, dann führten die Schritte ins Schlafzimmer und wurden unweigerlich vom sanften Quietschen der Bettfedern abgelöst. Sie waren ja schließlich verheiratet. Das ist normal, sagte ich mir. Ich ging hinaus in den Garten. Ich zog mir Gummihandschuhe über und jätete die Beete. Mit dem Finger grub ich Löcher in die Erde und spuckte hinein. Ich betastete die dicken, geäderten Wurzeln der Dahlien. Wenn ich mich zu rasch aufrichtete, wurde mir schwindlig.

Meine Tochter war eine schöne dunkelhaarige Frau mit einem fremdländischen Hauch, als verströmte allein ihr Aussehen Moschusduft. Lange, glatte, ganz schwarze Haare, orientalische Augen (die hatte sie von ihrem Vater). Meine Tochter ist sechsundzwanzig Jahre alt, aber ich weiß, daß das eine Täuschung ist. Ich war Zeuge, als ihr Alterungsprozess zum Stillstand kam, damals, mit siebzehn Jahren, hatte sie eines Nachts, eines Tages ihren Gipfel erreicht und glitt nun wie auf Skiern über ein Plateau in die Zukunft. Sie ist immer noch siebzehn Jahre alt und wird auch als Siebzehnjährige sterben.

Sobald sie wußte, daß sie schwanger war, kam sie zu mir nach unten, bauchfrei, wie es heute Mode ist, mit Schmollmund stellte sie sich in einer typischen Schwangerenpose hin, stemmte die Hände in die Hüften und sagte: »Mir ist schlecht.« Ich goß ihr einen schwarzen Tee oder Kamillentee auf. »Oleg macht sich solche Sorgen um mich, er liebt mich so sehr«, sagte sie auch. Trotzdem hatte sie eine Fehlgeburt. Er brachte sie ins Krankenhaus, kam zurück, hing am

Telefon, dann klirrte er auf der Treppe mit Flaschen, abends trank er Bier und sah fern. Ich brachte ihm Abendessen, rührte mit meinem Finger seinen Tee um, dann leckte ich den Finger ab. Ich bettete ihn zum Schlafen aufs Sofa. Er schaute mich von unten an, aus der Ferne. Ich lockerte nur seinen Ledergürtel, er stammelte »danke« und schlief ein. In dieser Nacht stöberte ich in ihrer Wohnung herum. Ich sah mir die ordentlich gefaltete Wäsche im Schrank an, die Kosmetika im Badezimmer, die Fingerabdrücke auf dem Spiegel, einzelne Haare in der Wanne, den Haufen Schmutzwäsche im Wäschekorb, das schwarze Lederportemonnaie, das sich weich seinem Gesäß angepaßt hatte.

Der Körper störte mich, mein Körper war quälend, am liebsten hätte ich mich körperlos zu ihm gelegt. Dieser Körper schwoll an, wenn wir uns auf der Treppe begegneten. Wenn er mit mir sprach, kam er mir zu nahe, gefährlich nahe, weil die Nähe voller Gerüche war. Der Kokon aus duftender Luft zischte wie ein aufgerissener Druckknopf, und ringsum spielten sich alle möglichen Gesten ab – gleichermaßen unschuldig, ein beruhigendes Schulterklopfen, seine Hand zwischen meinen Beinen. Ich sagte ihm, er solle wegen der Glyzinie nachts die Fenster schließen, er solle den Briefkasten regelmäßig leeren, er solle dies, er solle jenes.

Ich begehrte ihn, seit ich ihn das erste Mal gesehen hatte. Ist daran etwas Schlimmes? Töchter sind doch ein Teil ihrer Mütter und Mütter ein Teil ihrer Töchter – da ist es nicht verwunderlich, wenn das Begehren sie überschwemmt wie ein Fluß bei Hochwasser und jeden Winkel der unteren Regionen ausfüllt. Ich bin nicht mehr jung und weiß, daß man gegen das Begehren nicht ankämpfen kann, man muß einfühlsam meliorieren, es fließen lassen, sich tragen lassen, es läßt sich ja weder stillen noch eindämmen. Wer anders denkt, irrt sich. Er dachte anders.

Aber fürs erste kam sie zurück, und in meiner Küche tanzten wir unseren traurigen Tanz, in einem monotonen Ballett traten wir von einem Fuß auf den anderen, durch die ganze Küche, vom Fenster bis zur Tür, wieder zu einer Person vereint, wie vor der schmerzvollen Trennung. Wir streichelten uns gegenseitig die in unseren Düften versunkenen Haare auf meinem Kragen und ihrer Kapuze. Ich fühlte ihre Brüste und ihren leeren Bauch. Doch als er in der Tür erschien, ließen wir einander beschämt los, er nahm sie mit, und kurz darauf hörte ich oben wieder ihre Schritte.

Ich brachte ihr bei, Stauden mit der Wurzel auszugraben und das Bett in einem Zug zu beziehen. Nachts kam er zu mir nach unten, bestimmt fürchtete er sich vor mir, denn er roch immer nach Bier. Ich umschlang seine Hüften mit den Beinen, als wäre ich ein junges Mädchen. In der Frühe hörte ich seine Morgendusche, noch länger, noch regloser als vorher.

Er dachte sich sicher auf seine Weise, jedes Begehren könne man stillen, jedes Verlangen erfüllen, jeden Hunger befriedigen, wie das bei Männern so ist.

Wir schlossen die Fenster zum Winter, und wieder mußten die Triebe des Strauchs mit dem Messer gekappt werden. Er klopfte mit seinen Stümpfen noch im Rhythmus der ersten Winterstürme an die Scheiben, doch er hatte keine Chance mehr, von der Fensterbank blickte er blatt- und kraftlos zu uns herein. Die Heizungen ließen die Luft flimmern.

Und sie, meine Tochter, wußte sie etwas? Wenn sie ein Teil von mir war, so wie ich ein Teil von ihr, dann mußte sie die Wahrheit wissen. Manchmal hörte ich sie, wenn sie nachts aufwachte und »Mama!« rief, aber es war kein Rufen nach mir, ich mußte nicht aus dem Bett springen und zu ihr laufen. Sie rief »Mama!« so, wie sie auch »Aaaah!« oder »Och!« hätte rufen können. Er drückte sie dann an sich. »Ist schon gut, schlaf wieder ein, schlaf ein«, sagte er.

Allmählich entwickelte sich der Winter, die Welt wurde unaufhaltsam dunkler. Lange, jammernde Nächte, kurze Tage, zum Widerhall der Schritte von oben zerstampft. Sie meldete sich nicht bei mir, deshalb sagte ich auch nichts. Ich spürte ihren Blick im

Nacken, wenn ich das Haus verließ. Ich sah, wie sie auf dem Weg zur Haltestelle mit dem Regenschirm gleichsam unwillkürlich Löcher in die Erde bohrte und hineinspuckte. Ich hörte das laute Rascheln der frischen Bettwäsche.

In ihrer Abwesenheit machte ich ihm oft Kaffee. Ich gab zwei Löffel Zucker in das Glas und rührte so lange, bis die Süße das Bittere milderte. Er trank hastig, ohne den Blick zu heben, er trank alles aus. Immer tat ich den ersten, verhaltenen, kaum wahrnehmbaren Schritt, keineswegs deshalb, weil ich es mehr wollte, sondern um ihm sein Schuldgefühl zu nehmen, ihm die Annehmlichkeit zu gewähren, sich als Opfer zu fühlen, ihn freizusprechen, bevor die Sünde noch begangen war. Ich schlang meine Beine um seine Hüften und gebat seiner grenzenlosen Hingabe Einhalt. Ich wollte nicht, daß er schwach war, er sollte stark sein.

Dann kam sie zurück und machte ihm ihren Kaffee. Sie süßte mit zwei Löffeln Zucker und rührte so lange, bis das Getränk samtweich war.

So ging es bis zum Frühjahr, dann wurde die Unveränderlichkeit der fein ausbalancierten Konstruktion unerträglich. An ein und demselben Tag rann kein Zucker vom zweiten Löffel in den Kaffee, weder bei ihr noch bei mir. Da es an ein und demselben Tag geschah, war uns beiden klar, daß Töchter Teil ihrer Mütter sind und Mütter Teil ihrer Töchter. Eine andere Erklärung gab es nicht. Er starb also zweimal. War zweimal tot. Einmal für sie, einmal für mich.

Barfuß kam sie die Treppe hinuntergelaufen, wir fielen einander in die Arme, weinend, schluchzend. Wir wiegten uns hin und her, aneinander geschmiegt, in Schlafanzug und Nachthemd. Sie flüsterte nur: »Er ist tot, er ist tot.« Ich sagte: »Er lebt nicht mehr, er lebt nicht mehr.«

Doch wir wußten etwas, was er nicht gewußt hatte, weder zu Lebzeiten noch jetzt, da er tot war – daß das Leben nach dem Tod die gleiche Art von Traum ist wie das Leben vor dem Tod. Daß der Tod in Wirklichkeit eine Täuschung ist und man mühelos weiterspielen kann. Und das fing ich an, ganz instinktiv, als hätte ich dieses schwierige Ritual seit eh und je gekannt, und sie machte es mir nach. Sie begriff schnell, worum es ging, und jetzt flüsterten wir beide zur Dekke hinauf, er solle zurückkommen. Ich fragte mich damals, warum wir zur Decke schauten, denn der Tod hat weder Oben noch Unten, kein Drüber, kein Drunter, es gibt darin kein Links, kein Rechts, kein Innen, kein Außen. Deshalb befahl ich mir, uns zu korrigieren, uns die allgemeinen Regeln zu Bewußtsein zu bringen, sich dort an den Tod zu wenden, wo er war, nämlich überall. Jetzt trommelten wir mit den

Fäusten an die Wand und auf den Boden, schrien, anstatt zu flüstern. Ich konzentrierte mich darauf, daß unsere Worte auch zu ihm gelangten, daß er ihre Bedeutung verstand. Ich war außerdem sicher, daß er wie andere auch der Meinung war, sterben heiße, daß man einfach aufhört zu existieren. »Oleg«, sagte ich langsam und deutlich, »Oleg, die Situation ist viel komplizierter.« Wie soll man jemanden, der nicht mehr existiert, dazu überreden, den Mut zu haben, wieder zu sein? Und sie, meine schöne Tochter mit ihrer orientalischen Grazie, begriff dieses seltsame, unerwartet metaphysische Problem sehr gut: daß alles möglich ist, daß sich in unseren Köpfen die Wurzeln der Wirklichkeit regen und strecken, zum Wachsen bereit. Nur das ist, von dem man glaubt, daß es ist. Andere Gesetze gibt es nicht. Deshalb hämmerten wir wie Furien mit den Fäusten an die Wände des Hauses, schrien und riefen. Sie appellierte an seinen Verstand, wie ein Kind wiederholte sie immer wieder. »Komm schon, wach auf, das ist nicht die Wahrheit, daß du gestorben bist, denk doch mal logisch!« Und ich: »Oleg, ich flehe dich an, sieh es doch mal aus einem anderen Blickwinkel, mach doch eine kleine Anstrengung.«

Und schließlich erschien er. Seine Umrisse waren noch etwas verschwommen, als wäre er aus dem Fernsehschirm gestiegen. Seine Gestalt zitterte. Er war ungehalten und verwirrt. Ich sah ihn zuerst – schließlich bin ich ja nicht mehr die Jüngste. Sie sah ihn kurz darauf. Und ich berührte ihn sofort, damit er den Körper nicht vergaß, das Verlangen. Aber alles war in Ordnung. Der Umriß festigte sich, das Zittern hörte auf. Dann nahm ich ihn wie eine Trophäe und legte ihn auf den Boden, ich küßte ihn heftig auf den Mund, er erwiderte den Kuß leidenschaftlich. Unter meinen Lippen verkörperlichten sich die seinen. Dann tat sie den nächsten Schritt, da war es schon klar, daß er lebte.

Das war just die Zeit, um die Fenster zu öffnen und die frischen, zarten Triebe der Glyzinie mit dem dunklen Innern zu locken.

Die Bohnenweissagung

Piotrkowski brachte ihn nach Saska Kępa, aber er fuhr ihn nicht bis vors Haus, er blieb zwei Querstraßen weiter stehen, an der Ecke Francuzkastraße. Die blank gewienerte schwarze Limousine verschmolz mit dem dichten Schatten der Bäume, dennoch verlangsamten alle, die an ihr vorbeikamen, den Schritt, warfen einen mißtrauischen Blick auf die polierte Karosserie. Es gab nicht viele solcher Autos.

Er ging allein. Piotrkowski blieb im Auto, lehnte sich in den Sitz zurück und rauchte. S. wußte, was er dachte, während er eine nach der anderen rauchte und durch das einen Spaltbreit geöffnete Fenster den Rauch hinausblies. Er dachte, er habe eine Geliebte, die er hier besucht, und daß die zur Tarnung in gewöhnliches graues Papier eingeschlagenen Pakete für sie seien. Eine Geliebte wäre auch gefährlich, dachte S., aber es wäre menschlicher, verständlicher für andere Leute. Die meisten hatten irgendwelche Geliebten, mehr oder weniger offiziell. S. drückte den Hut tief in die Stirn und schlug den Mantelkragen hoch, damit man wenigstens nicht sein Gesicht sehen konnte. Er passierte den kleinen Eckladen, dann bog er nach links, ging an einem Metallzaun entlang, der unvermittelt zu einem Tor wurde. Dort blieb er stehen und schaute sich diskret um. Mit dieser Geste zog er eher Aufmerksamkeit auf sich, als hätte er Angst, daß man ihm folgte. Über den brüchigen Gehweg aus Beton trat er in einen grasbewachsenen Hof und von dort in ein enges Treppenhaus.

Die Geschwister wohnten in einer geräumigen Dreizimmerwohnung auf der ersten Etage. Immer wußten sie irgendwoher, daß er kam, vielleicht erschien es ihm auch nur so. Aus irgendeinem Grund wußten sie immer, wann er kam. Immer waren sie vorbereitet. Der runde Tisch war mit einem Stück grauen Papiers bedeckt, darauf immer derselbe Kopierstift, jedesmal ein wenig kürzer. In der Luft hing der Geruch nach Bohnerwachs und Essen – Sauce, Kohl, erhitztes Bratfett. Manchmal drang Schallplattenmusik aus dem Zimmer der Alten – Tangos noch aus der Zeit vor dem Krieg. S. stellte die Tasche mit den Mitbringseln auf den kleinen Tisch unter dem Spiegel. Meistens befand sich Kaffee darin, amerikanische Schokolade, ein Glas Kaviar, eine Dose Schinken, manchmal eine Flasche echten französischen Weins – das, was er gerade in der Kantine des Zentralkomitees kaufen konnte.

Fräulein Jadwiga, klein und trocken wie ein Semmelbrösel, zog die Schätze aus der Tüte und seufzte vor Begeisterung, während Fräulein Urszula ihr groß und rotwangig über die Schulter schaute. Auch der Bruder betrachtete die Geschenke, er war der jüngste der drei, allerdings auch schon Anfang siebzig. Sie nannten ihn Zenia, aus dem Russischen, und waren immer übertrieben fürsorglich ihm gegenüber, wie es ältere Schwestern so an sich haben. Zenia freute sich, wenn er kam. Urszula holte eine Flasche aus der Kredenz und schenkte beiden ein Glas Wodka ein. Die beiden Frauen tranken nicht. Vielleicht war das der Grund für die Freude des Alten. Zenia kippte vergnügt seinen Wodka und rieb sich die trockenen sommersprossigen Hände mit den weißen Fingernägeln, so bleich, als seien sie mit einer ganz dünnen Haut bedeckt. Die Frauen saßen auf dem Sofa und wurden plötzlich einander ähnlich – beide weißhaarig, ausgetrocknet, mit Broschen unter dem Hals. Die trüben Schmuckstücke sogen den letzten Glanz aus ihren Gesichtern, die beide blaß waren wie gepudert.

»Wie geht es denn so in der weiten Welt?« fragte Zenia, das war ein Teil ihres Rituals, und S. antwortete: »Mies, aber es ist auf dem Wege der Besserung.« Damit begann dann ein seichtes Gespräch über das Wetter, die Gerüchte in der Stadt, den Klatsch auf der Straße, die Tomatenpflanzen, die auf der Fensterbank sprossen und nie in den Garten umgepflanzt wurden. Danach brachte Urszula den Tee, den man mit dem gebührenden Schweigen und Gusto zu trinken hatte, obwohl es fast nie guter Tee war. Jadwiga reichte gekaufte, mit Zucker bestreute Kekse, aber wenn sie sie auf den Teller legte, schob sie sie mit ihren langen dünnen Fingern hin und her, und diese Geste machte sie unappetitlich. S. nahm nie einen Keks. Er hatte den Eindruck, daß es immer dieselben mürben Kekse waren, die sie seit Jahren auf den Teller legte und danach bis zum nächsten Besuch wieder in der Blechdose aus der Vorkriegszeit verschwinden ließ.

Mit Zenia ließ sich keine Unterhaltung führen, das war eine Tatsache. Er kicherte an den unpassendsten Stellen los. Er stand in plötzlicher Erregung auf und setzte sich sofort wieder. Sein kurzgeschorenes Haar machte ihn einem altgewordenen Kind ähnlich, einem Kind, das infolge einer geheimnisvollen Krankheit gealtert war. Aber trotz allem fühlte S. sich hier außerordentlich wohl. Schon beim Tee entspannte er sich, öffnete den obersten Hemdknopf, zog sogar sein Jackett aus und hängte es über die Sessellehne, als wäre er zum Kartenspielen gekommen, auf eine Bridgepartie bei alten Freunden. Fräulein Jadwiga schob ihm den riesigen Kristallaschenbecher hin, und wenn er an der ersten Zigarette zog, spürte er, wie in ihm ein geheimnisvoller Regenerationsprozess vor sich ging, als würde er wieder so, wie er vor dem Krieg gewesen war, jung, voller Pläne für die Zukunft, unbeschwert, ohne Verpflichtungen, ein Mensch wie ein Korken, der immer oben schwimmt, egal, was geschieht.

Dann setzten sie sich an den runden, mit Papier bedeckten Tisch, vielmehr er und Zenia setzten sich daran. Die Frauen brachten ein Säckchen mit Bohnen, stellten es vor den Bruder und kehrten aufs Sofa zurück. Und nun fing es an. Zenia wurde ernst und konzentriert. Er rieb wieder seine trockenen Hände, dann knetete er seine Finger, bis sie unangenehm knackten, als wollten sie den Anwesenden beweisen, daß Zenia aus Knochen bestand, aus Knochen, die nur lose unter der dünnen, schwimmhautartigen Oberfläche verbunden waren. Jetzt schüttete Zenia schweigend die Bohnenkerne auf das Papier, dann nahm er jeweils zwei und schob sie auf die Seite. Das wiederholte er etliche Male, bis S. eine schläfrige Langeweile überkam. Er kehrte in Gedanken zu seinem Büro zurück, ließ zerstreut den ganzen Arbeitstag an sich vorbeiziehen, die trockenen, stickigen Arbeitszimmer, das Muster des Perserteppichs in seinem Büro, ein Gesicht, das er zufällig auf der Treppe wahrgenommen hatte, Ritas Umriß beim Lösen des Kreuzworträtsels in der Zeitung »Przekroj«. Eingeschläfert vom Gemurmel des Alten ließ er sich von diesen Bildern treiben. Zenias Finger sortierten die Bohnenkerne um, die mit einem trockenen, den Ohren angenehmen Klacken aneinanderstießen. Und dann dachte S. jedesmal, er sei müde, er sei überarbeitet und – was am schlimmsten war – seine Anstrengungen seien weniger vergeblich als vielmehr verdächtig wie im übrigen alles ringsum. Er lockerte seine Kleidung und wurde noch schläfriger. Unterdessen zeichnete Zenia zwischen den Bohnenkernen irgendwelche zufällig erscheinenden Linien. Und er begann zu reden. »Halt, halt«, sagte er zum Beispiel. Oder: »Ein Mensch zu deiner Rechten hatte eine Idee, die der Anfang einer für dich gefährlichen Veränderung wird. Das läßt sich nicht vermeiden. Du solltest seine Pläne kennen, um dich vorbereiten zu können. Der Mensch auf der Linken ist krank, und ihm droht der Tod. Ja, es ist sicher, daß er stirbt.« »Jeder muß sterben«, gab Urszula unweigerlich das Ihre dazu. »Diese Information ist nicht präzise. Du mußt sagen, wann er stirbt.« Erbost über diese Einmischung, beugte sich Zenia über die Bohnen und kniff vor Anstrengung die Augenlider zusammen. »Woher soll ich wissen wann? Wenn du so klug bist, dann komm selbst her.« Während dieses Wortwechsels fragte sich S., wer wohl »der von rechts« sei und wer »der von links«. Ging es um die Anordnung der Zimmer, oder benutzte Zenia irgendwelche unklaren Metaphern? Ging es um ideologische oder politische Neigungen oder vielleicht um ein moralisches Urteil – links und rechts?

Aber gerade diese Sache mit dem Sterben ging doch wirklich in Erfüllung. Genosse Kasprzyk, ein Vorgesetzter von S., erkrankte plötzlich an Lungenentzündung und war nach zwei Wochen tot. Nach dem Ereignis mußte S. sich eingestehen, daß jener »links« gewesen war. Bei der nächsten Gelegenheit erzählte er den Geschwistern davon. Zenia freute sich. »Hab ich's nicht gesagt, hab ich's nicht gesagt«, rief er aufgeregt immer wieder.

Ja, Zenia sagte allgemeine, geheimnisvolle Dinge, die sich nach einiger Zeit auf verblüffende Weise bewahrheiteten. Fast nie wortwörtlich. Er sagte kleine, banale Dinge voraus. Daß S. seinen Haustürschlüssel verlieren würde, daß jemand mit einem Auto sich »verdoppelte« (Piotrkowski bekam Zwillinge) oder daß S. sich einen Augenblick lang in eine Schlange verwandeln würde (beim nächsten Streit schrie Rita ihn an: »Du kalte Schlange«). Und dergleichen. S. überlegte, wie es wohl funktionierte, was das Prinzip dieser Zufälle war. Mit dem ganzen Widerstand des geborenen Realisten fantasierte er, daß die Bohnenwahrsagereien die Keime aller möglichen Ereignisse seien, die sich in der Zukunft entwickelten, obwohl man letztendlich nie wisse, wie das geschehe. Die Bohnenkerne kannten die Natur anderer Keime beziehungsweise der Ereignisse, die noch nicht eingetreten waren. Potentialitäten sind imstande, sich gegenseitig zu durchdringen und zu erkennen. So erklärte er es sich. Deshalb konnte nicht alles klar sein. Eine klare Prophezeiung wäre verdächtig. Da es die Zukunft noch nicht gibt, gibt es auch keine Sprache, mit der man sie benennen könnte. Das ist der Grund für die unklaren Metaphern aus Zenias Mund. Als der Alte im Februar oder sogar schon Ende Januar 53 von »einem großen Tod« geredet hatte, durch den die Welt für ihn besser würde, hatte S. an einen entfernten Verwandten und dessen Erbe gedacht, das war das erste, was ihm einfiel, aber jetzt, post factum, war klar, daß es sich um Stalins Tod gehandelt hatte. Ein Jahr später zog S. vom vierten Stock in den ersten und fuhr plötzlich mit einer schwarzen Limousine, und Rita wurde plötzlich glücklicher, weil sie eine größere Wohnung hatten. Aber was sollte das Ganze, wenn alles erst im nachhinein klar wurde, wenn man Zenias Behauptungen erst nach einiger Zeit verstehen konnte?

»Wozu brauche ich diese Kenntnis?« dachte S. »Was soll ich mit diesem Wissen über die Zukunft, das erst dann in Kraft tritt, wenn alles schon geschehen ist, mit dem man gar nichts anfangen kann?« Einmal, als er mit Rita in der Küche Cognac trank (sie prunkend in ihrem exotischen Morgenmantel und ihren Pantoffeln mit Pompon, immer die Schauspielerin, sogar in der Küche), wurde ihm klar, daß es ihm gar nicht um die Zukunft ging. Im Grunde interessierte es ihn gar nicht, was geschehen würde. Es ging ihm um einen Sinn, eine Richtung. »Gibt es irgendeine Ordnung in alldem?« fragte er Rita, und während sie sich die nächste Zigarette anzündete, sagte sie: »Die Ordnung, die du dir selber schaffst.« Aber das reichte ihm nicht. »Und eine größere, allgemeinere Ordnung, die über uns hinausgeht?« fragte er. »Klar«, murmelte sie, während sie den guten Cognac aus der Kantine schlürfte. »Klar. Die Gerechtigkeit der Geschichte, Dialektik, Klassenkampf ... Willst du dich dumm stellen?«

Er konnte ihr nicht von Zenia erzählen. Nicht einmal sie wußte von ihm. Zenia mußte ein Geheimnis bleiben, eine peinliche Heimlichkeit, unten in der Schublade vergraben wie ein Pornoheft.

Piotrkowski gab er ab und zu eine Flasche Champagner oder ein halbes Kilo Kaffee. Ohne etwas zu sagen. Er war sich dessen bewußt, daß ihn die Ausflüge nach Saska Kępa die Karriere kosten konnten – man könnte ihn der Spionage bezichtigen, der Treffen mit einem Geheimdienstagenten, auch wenn dieser alt und gebrechlich war. Durch die Bohnen vermittelte er ihm Geheimdaten, und die ganze Wahrsagerei war nichts anderes als eine gegen den Volksstaat gerichtete feindliche Aktivität.

Nach jedem Besuch dachte er bei der Heimkehr, wenn es überhaupt möglich wäre, in die Zukunft zu sehen, was eher sehr unwahrscheinlich, eigentlich sogar unmöglich war, denn die Zeit lief in einem dreidimensionalen Raum auf einer geraden Strecke von A nach B, und die Wirklichkeit existierte objektiv, objektiv, objektiv – er zog das Wort lang, weil ihm die Gedanken plötzlich entglitten –, also sogar wenn wir annehmen, daß man die Zukunft vorhersehen kann, dann ergibt sich daraus eine schreckliche Wahrheit. Plötzlich war er ganz konzentriert und entsetzte sich, als ihm bewußt wurde, daß es eine starre, innere Ordnung gab, auf die man keinen Einfluß hatte, uns bewegen Kräfte, die größer sind als wir selbst, und wir wissen selbst nicht, was wichtig ist und was nicht. Denn warum sollte das Verlieren des Wohnungsschlüssels weniger wichtig sein als eine Gehaltserhöhung oder eine Auslandsreise? Sind Piotrkowskis Zwillinge für die Welt weniger wesentlich als die veränderte Sitzordnung im Zentralkomitee nach einem Plenum? Und Ritas Aufschrei in einem Augenblick blinder Selbstvergessenheit, ein sinnloser Aufschrei: »Du kalte Schlange!« – war der von geringerer Bedeutung als die Verwirrung nach dem Tod Stalins? Vielleicht ist das genau so: Wir kennen nicht die wahre Rangordnung der Wichtigkeit, aber wie sollen wir dann leben, wonach uns richten?

Aber wenn es nicht möglich war, die Zukunft zu kennen, wenn Zenia ihm etwas vormachte und er sich wie ein Kind von einem verrückten Alten an der Nase herumführen ließ? Wenn es keine Zukunft gab, keine Möglichkeit, über die Zeit hinauszuschauen? Wenn es nichts gibt als die Folgen unserer heutigen Handlungen? Dann waren die Besuche in Saska Kępa nur ein psychologisches Ritual, die Suche nach einem Ersatz für eine Sicherheit, vergleichbar mit dem Kirchgang? Diese Vorstellung war noch schlimmer als die vorherige, denn dann wären wir nur Gefangene des Hier und Jetzt, Kanonenfutter des Chaos, Opfer der Illusionen anderer Menschen, ein blindings voranpreschender Schwarm Lemminge.

Darüber wollte er nicht nachdenken. Sobald die Limousine Saska Kępa verließ und auf die andere Seite der Weichsel zurückkehrte, mußte er Zenia und seine Schwestern vergessen. Bei der Fahrt über die Poniatowskibrücke gelobte er sich manchmal halbherzig, nicht mehr zu Zenia zu fahren. Aber nach ein, zwei Wochen, einem Monat, spürte er wieder dasselbe Bedürfnis, als ginge es darum, sich zu betrinken, um die Lockerung der bisherigen Ordnung, deshalb warf er Piotrkowski nur die Worte »Saska Kępa« hin, und am Abend fuhren sie hin, und er bekam dieselbe Dosis Verzweiflung. »Was will ich damit, verdammt noch mal, was will ich damit?«

Am folgenden Tag kam er früh ins Büro, rasch ging er die breite Marmortreppe hinauf in sein Zimmer, den Blick auf seine Schuhspitzen geheftet. Den Männern in dunkelblauen Anzügen, die ihm entgegenkamen, nickte er nur beiläufig zu. In seinem Zimmer ließ er sich sogleich auf den Schreibtischstuhl sinken, er hatte das unerträgliche Gefühl, daß er für diese Stelle absolut ungeeignet war, daß er jeden Morgen einen bestimmten Teil seiner selbst mobilisieren mußte, um es auszuhalten. Sein schönes Arbeitszimmer weckte in ihm eigentlich nur ein mechanisches, nervöses Gähnen, ein psychologisch unmögliches, in sich widersprüchliches Gefühl – eine tödliche Langeweile gemischt mit tierischer Angst. Diese merkwürdige Mischung bewirkte, daß er Schweißausbrüche bekam, bevor er noch eine Stunde dort war, und oft mußte er das Hemd wechseln (er brachte immer ein identisches, von Rita sorgfältig gepackt, in der Aktentasche mit), selbstverständlich tat er das bei geschlossener Tür, damit seine Sekretärin nichts merkte, ihr traute er am wenigsten. Doch dann verloren er und sein Körper – von Minute zu Minute weniger im Gleichklang – die Orientierung, aber dagegen halfen ein Glas Cognac und ein paar Zigaretten. Er vermutete, daß er an einer gewöhnlichen Neurasthenie litt, an Überarbeitung. »Das geht vorbei, das geht schon vorbei«, sagte er sich immer wieder. Und es ging vorbei.

Frisch und inzwischen beruhigt trat er ans Fenster, mit einem Gefühl des Triumphs ließ er den Blick über das belebte Rondell vor dem Zentralkomitee schweifen. Von hier aus sah man, wie einfach die Regeln waren, die den Straßenverkehr lenkten, und mit der Welt war es vielleicht ähnlich – grünes und rotes Licht folgen in wundersam rhythmischem Wechsel aufeinander, und mitten im Chaos steht ein stattlicher Polizist und zeigt den Menschen mit der Anmut eines Erzengels den rechten Weg.

Nachwort

von Katharina Döbler

Am Anfang, als sie in die Stadt kommt, hat sie noch klare Meinungen und Gewohnheiten, Vorlieben und Charakterzüge, doch nach einiger Zeit löst sich ihre Individualität in viele Partikel auf – so in etwa könnte man die Entwicklung der Erzählerin in Olga Tokarczuks kleiner Novelle »Spiel auf vielen Trommeln« zusammenfassen.

Diese Erzählerin ist die Protagonistin der Großstadterfahrung schlechthin – eine Erfahrung, die sich quer durch die jüngere Literaturgeschichte in zahllosen Romanen und Erzählungen niedergeschlagen hat.

Daß Olga Tokarczuk dieses Thema auf sehr spezielle Weise verarbeiten würde, hat man sich denken können. Bisher hat sie ja eher über Landschaften geschrieben, über Gegenden wie das Tal in Niederschlesien, wo sie lebt. Ihre kleinen und überschaubaren literarischen Welten besitzen eine Intensität, die die Weite und die Ferne weder sucht noch braucht.

Daß die Gesamtheit der Welt in der eigenen Provinz bereits enthalten sei, ist eine sehr mitteleuropäische Vorstellung, wie sie wohl nur fern von allen Meeren gedeihen kann. Unter den polnischen Autoren wurde sie vor allem von Olga Tokarczuk und Andrzej Stasiuk konsequent literarisch umgesetzt.

Riesenstädte stellen ein solches Primat der Provinz in Frage. Andrzej Stasiuk pflegt das Konzept des Metropolitanen stets zu ironisieren – indem er beispielsweise sagt, Warschau sei langweilig, denn von da aus könne man nur nach Berlin oder nach Moskau fahren. Und Olga Tokarczuk plädierte im Zusammenhang mit dem EU-Beitritt Polens öffentlich für ein »Europa der Provinzen«.

Aber sie ist nach Berlin gefahren, als Stipendiatin des Berliner Künstlerprogramms des DAAD. Und diese Großstadterfahrung ist in der Trommel-Novelle in einer Weise kondensiert, daß man daraus nicht nur einen anderen Blick auf die deutsche Hauptstadt und ihre Bewohner, sondern auch die universelle Erkenntnis gewinnen kann, dass im Einlassen auf das Andere, das Fremde, die Gefahr des Ichverlusts liegt – eine bedrohliche Verlockung.

Man kann über Provinz viel Negatives sagen – für die Stabilität des Ichs jedenfalls ist sie, trotz langfristiger historischer Verwerfungen, trotz untergründiger Schichten und Geschichten sowie metaphysischer und mentaler Ausnahmezustände, wie sie Olga Tokarzcuk zu beschreiben pflegt, ziemlich bekömmlich.

Das »Spiel auf vielen Trommeln« thematisiert die Fragwürdigkeit der eigenen Lebensweise und des eigenen Lebensentwurfs angesichts all der anderen, von anderen Individuen gelebten Möglichkeiten. Die Vielfalt der Optionen, das, was Musik auf den Begriff »Möglichkeitssinn« gebracht hat, führt hier letztlich zur pluralen Identität: die Erzählerin wird zur Frau ohne Eigenschaften, Alter und Geschlecht, ohne ethnische Zugehörigkeit und Religion; zu einem Passagier öffentlicher Verkehrsmittel, zur Parkbanksitzerin: irgendein beliebiger Großstadtmensch.

Vehikel dieser Transformation sind die Trommeln, kultische und archaische Instrumente von jeher; sie werden von niemand Bestimmtem gespielt, sondern von jedem, der vorbeikommt und es einfach tut. Ihre wechselnden Rhythmen und Stimmen entsprechen der Vielstimmigkeit, die wir aus Olga Tokarczuks Romanen kennen. Doch sie erzählen keine Geschichten von der menschlichen Existenz, sondern sind deren Zeugnis als purer Klang und Puls. Wer sie erzeugt, ist gleichgültig; das Wesentliche daran ist die Dauer, eine Kontinuität über die Anwesenheit oder Abwesenheit bestimmer Individuen hinaus.

Diese Trommeln existieren in der Realität tatsächlich. In der Stipendiatenwohnung am Kreuzberger Mariannenplatz mögen ihre Klänge oft genug durch die Fenster gedrungen sein und sich in die Gedanken der Schreibenden gebohrt haben. Das ganze Ambiente, das die Erzählerin beschreibt, ist sehr authentisch: die Hundewiese, die türkischen Familien, die herumlungernden Jugendlichen, der windige, magere Grünfleck vor dem Künstlerhaus Bethanien. Und natürlich die Wagenburg dahinter, deren trommelnde Bewohner für die einen ein Ärgernis, für die anderen eine Übung in Toleranz für andere Lebensformen bedeuten. Olga Tokarczuk macht aus ihnen einen modernen Stamm – »Großstadtindianer« nannte man das früher –, dessen ständige Geräuschemissionen zum Puls des Lebens werden. Ihre aus der »Provinz« mitgebrachte Sichtweise findet darin dieselbe außerhalb der Realität gelegene Kontinuität wie die der Existenzen des majestätischen Riesenpilzes aus »Ur und andere Zeiten«.

Wenn man schon lange in Berlin lebt, hat man die Phänomene der Stadt, ihre Wetterlagen, Beleuchtungen, Panoramen, U-Bahnstationen und Stimmungen längst katalogisiert und gedeutet. Die Bewohner nimmt man nicht weiter zur Kenntnis, wenn man sie nicht kennt. Trotz historischer Wende und deren ökonomischen, topographischen und kulturellen Folgen gibt es eine Gewohnheit der Wahrnehmung, der sich die Neugier schließlich ergibt.

»Natürlich bekümmerte es mich, daß ich etwas anderes sah als alle anderen. Alle sagten immer wieder voller Begeisterung die Stadt, die Stadt, und hatten offensichtlich eine gemeinsame Vorstellung im Kopf«, schreibt Olga Tokarczuk. Und entwirft Berlin als Ort der Ungewissheit. Als Stadt ohne Eigenschaften, ohne feste Struktur, als reine Spekulation, die alle Gewissheiten in sich aufsaugt und restlos verdaut. Die vielen auf skurrile Weise bezaubernden Einzelheiten ihrer Interpretation – etwa die, daß Männer in eigenen Stadtteilen wohnen, von wo aus ihre Stimmen das ständige Rauschen der Großstadt erzeugen – verstärken diesen Eindruck mehr, als sie ihn widerlegen.

Olga Tokarzcuks literarisches Verfahren ist die Transparenz des Realen. Etwas hausfraulicher und einleuchtender formuliert: Sie tut so, als sei wahrgenommene Wirklichkeit nur eine Art Frischhaltefolie. Die knittert und wirft Falten, wenn man sie berührt. Wenn man sie wegzieht, kommt dennoch nichts anderes, Wahreres zum Vorschein. Dergleichen ist ja auch nicht Aufgabe von Erzählern, sondern die der Welterklärer, die sich im Besitz einer höheren – oder tieferen, je nach der jeweiligen inneren Topographie der Erkenntnis – Wahrheit glauben.

Olga Tokarczuk aber ist, ob in der Provinz oder in der Hauptstadt, stets eine anarchische Erzählerin gewesen, die Orte und Ereignisse aus dem Gitternetz gewohnheitsmäßiger Wahrnehmung und zeitlicher Linearität zu befreien versucht.

Berliner Künstlerprogramm des DAAD

lieferbar bei Matthes & Seitz Berlin

Zsófia Balla
Schwerkraft und Mitte
Gedichte
Aus dem Ungarischen
und mit einem Nachwort
von Daniel Muth
96 Seiten, Euro 11,80
ISBN 3-89357-098-5

Mircea Cărtărescu
Selbstportrait in einer Streichholzflamme
Gedichte
Aus dem Rumänischen
und mit einem Nachwort
von Gerhardt Csejka
80 Seiten, Euro 11,80
ISBN 3-89357-099-3

Bora Ćosić
Die Toten
Das Berlin meiner Gedichte
Aus dem Serbischen
von Irena Vrkljan und
Benno Meyer-Wehlack
Nachwort von Benno
Meyer-Wehlack
128 Seiten, Euro 11,80
ISBN 3-89357-095-0

Aris Fioretos
Mein schwarzer Schädel
Essay
Aus dem Schwedischen
von Paul Berf
Mit einem Nachwort
von Durs Grünbein
63 Seiten, Euro 11,80
ISBN 3-89357-108-6

László F. Földényi
Mit dem Unbegreiflichen leben
Notizen aus Berlin
Essays
Aus dem Ungarischen von
Hans Skirecki und Akos Doma
Nachwort von
Herrmann Wallmann
64 Seiten, Euro 11,80
ISBN 3-89357-090-X

Hugo Hamilton
Unschuldsgefühle
Aus dem Englischen von
Hans-Christian Oeser
Nachwort von Colm Tóibín
80 Seiten, Euro 11,80
ISBN 3-89357-104-3

Michèle Métail
Gehen und Schreiben
Gedächtnis-Inventar
Gedichte, Fotografien,
Erkundungen
Aus dem Französischen von
Elfriede Czurda
Nachwort von Herbert Wiesner
104 Seiten, Euro 11,80
ISBN 3-89357-103-5

Fabio Morábito
Das geordnete Leben
Erzählungen
Aus dem mexikanischen
Spanisch von Thomas Brovot
und Susanne Lange
Nachwort von Michi Strausfeld
164 Seiten, Euro 11,80
ISBN 3-89357-105-1

Viktor Pelewin
Der Wasserturm
Erzählungen
Aus dem Russischen
von Andreas Tretner
Nachwort von Daniel
Dylan-Böhmer
ca. 60 Seiten, Euro 11,80
ISBN 3-8957-106-X

Leung Ping-kwan
Von Politik und den
Früchten des Feldes
Gedichte
Aus dem Chinesischen
und mit einem Nachwort
von Wolfgang Kubin
88 Seiten, Euro 11,80
ISBN 3-89357-059-4

Ottó Tolnai
Eine Postkarte an Don Dukay
Neun Geschichten aus der Provinz
Aus dem Ungarischen
von György Buda, Nachwort von
Gábor Csordás
110 Seiten, Euro 11,80
ISBN 3-89357-112-4

Berlin Hüttenweg
Stadt erzählen
Herausgegeben und mit einem
Nachwort von Oliver Lubrich
und Hans Jürgen Balmes.
224 Seiten, Euro 18,80
ISBN 3-88221-108-3

Dies ist eine wahre Geschichte
Neuseeländische Autoren
in Berlin
Aus dem neuseeländischen
Englisch von Cornelia C. Walter
114 Seiten, Euro 11,80
ISBN 3-89357-101-9

Literatur total
Autoren lesen in der daadgalerie
Hörbuch, 2 CDs mit Booklet
ISBN 3-89357-102-7

Was hat uns das Exil
gebracht?
Ein Gespräch zwischen
Gao Xingjian und Yang Lian
über chinesische Literatur
Aus dem Chinesischen
von Peter Hoffmann
120 Seiten, Euro 11,80
ISBN 3-89357-094-2

Zweite Auflage Berlin 2019

MSB Matthes & Seitz Berlin Verlagsgesellschaft mbH
Göhrener Str. 7, 10437 Berlin
info@matthes-seitz-berlin.de

Titel der Originalausgabe:
Gry na wielu bębenkach (2001)

ISBN 3-88221-107-5

DAAD Spurensicherung 16
Herausgegeben vom Berliner Künstlerprogramm
des DAAD

UMSCHLAGGESTALTUNG:
Doren + Köster, Berlin, unter Verwendung von
Yehudit Sasportas: »The Moon and the Forest Fire« (2003)
Tusche auf Papier/ink on paper, (156,5 x 299 cm)
courtesy Galerie EIGEN + ART Leipzig/Berlin and
Sommer-Contemporary Art, Tel Aviv

LEKTORAT: Birgit Albrecht

DRUCK UND BINDUNG:
Pustet, Regensburg

www.berliner-kuenstlerprogramm.de
www.matthes-seitz-berlin.de